Conception, coordination, maquette/*Conception, coordination, lay-out:*
Denis Clavreul,
avec la collaboration de
in collaboration with:
Christine Jean,
Philippe de Grissac
et Frédéric Bony.

Mise en page/ *Editing:*
Ryc'ho Swierad.

Traduction anglaise
English translation:
Gene Zbikowski.

Photogravure
Photoengraving:
Scann'Ouest, Nantes.

©Editions Gallimard 1996
Tous droits
de reproduction et
d'adaptation réservés
pour tous les pays
ISBN: 2-07-050376-3
Numéro d'édition: 77963
Dépôt légal:
novembre 1996

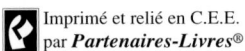
Imprimé et relié en C.E.E.
par **Partenaires-Livres**®

Pour une Loire Vivante
THAT THE LOIRE MAY LIVE

GALLIMARD

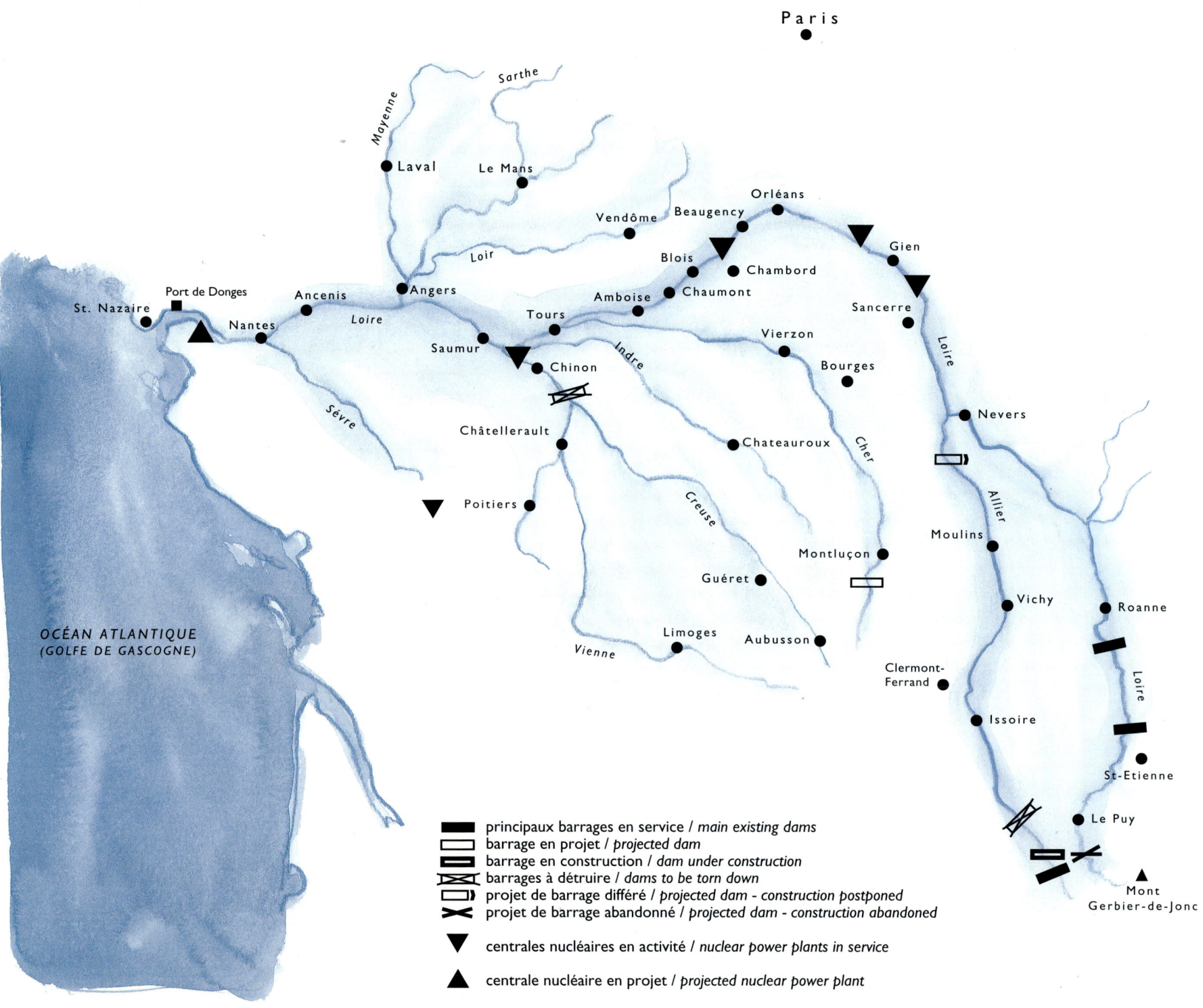

SOMMAIRE
SUMMARY

Préface
Foreword . . . . page 6

Un fleuve parmi les fleuves
One river among many . . . . page 8

La Loire des hommes
Man and the Loire . . . . page 26

Quand le fleuve respire
The lifebreath of the river . . . . page 38

Les oiseaux de l'estuaire
The birds of the estuary . . . . page 64

Trésors cachés
Hidden treasures . . . . page 90

Pour une Loire vivante
That the Loire may live . . . . page 108

Paroles de Loire
Words on the Loire . . . . page 131

Présentation des artistes
About the artists . . . . page 140

Remerciements
Acknowledgements . . . . page 142

1. La pêche à l'anguille.
Eel fishing.
G. Poole
acrylique/*acrylic*

PRÉFACE
FOREWORD

Denis Clavreul

Représentant français
de la fondation ANF.
French ANF representative.

La Loire est un fleuve paradoxal. Malgré les barrages de l'amont, les digues séculaires, les quatre centrales nucléaires de la Loire moyenne et la dégradation de l'estuaire, elle forme encore un réseau exceptionnel de milieux naturels. Divers plans d'aménagement menacent à court terme ce patrimoine, parmi lesquels l'extension du port industriel de Donges, près de Saint-Nazaire, ainsi que les projets de barrages sur le Cher et l'Allier.

Dans ce contexte, la fondation internationale "Artists for nature" (ANF), soutenue par le WWF-France et la Ligue pour la protection des oiseaux (LPO), a lancé en 1994 une opération originale, destinée à sensibiliser l'opinion publique grâce aux regards croisés de 16 peintres, dessinateurs, sculpteurs, originaires de 10 pays.

Ces artistes ont séjourné à plusieurs reprises le long du fleuve entre septembre 1994 et août 1995 ; compte tenu des menaces les plus urgentes, ils se sont particulièrement attachés à la Basse-Loire, entre Angers et la mer.

Ce livre présente la majorité des œuvres exécutées sur le vif et, plus tard, en atelier ; des personnalités très diverses – chercheurs, écrivains, journalistes ou riverains – ont chaleureusement associé leurs connaissances et leurs émotions à celles des artistes.

Ce livre est le fruit de regards multiples : regards fascinés par les lumières et les paysages, attentifs aux richesses qu'ils recèlent ; regards inquiets ou confiants face au fragile équilibre entre la Loire et les hommes ; regards sensibles à la magie d'un fleuve porteur de rêves.

Conscients des erreurs du passé, informés sur les menaces à venir, ces artistes ont malgré tout créé une œuvre positive, en mettant l'accent sur les espaces à préserver, les harmonies, la vie sous toutes ses formes. Ils espèrent élargir ainsi le regard des autres au travers de leurs créations.

Témoignage unique et symbole d'une prise de conscience collective, ce livre est aussi un plaidoyer en faveur de tous les fleuves dont la liberté est menacée.

Il faut penser à la Loire,
lui confier nos émotions
et nos désirs.
Nous pouvons tous
être les bons sorciers
du fleuve.

*We must think of the
Loire. We must make her
the confidante of our feelings and desires.
We can all become the
river's medicine-men.*

Kandioura Koulibali

2,3. Boubacar Doumbia et
Kandioura Koulibali (Mali).
D. Clavreul
crayon et aquarelle
pencil and watercolour
4. Sybren De Graaff
(Pays-Bas/*The Netherlands*)
photo C. et B. Desjeux

The Loire is a paradoxical river. Despite the dams upstream, the age-old dikes, the four nuclear power plants on the middle Loire, and the defiling of the estuary, the Loire remains an exceptional system of natural habitats. In the short term, this natural heritage is being threatened by various development projects, including the enlargement of the Donges industrial port near Saint-Nazaire and projected dams on the Cher and the Allier.

In these circumstances, in 1994 the international foundation "Artists for Nature" (ANF), backed by WW-France and the League for Bird Protection (LPO), launched an unusual operation aimed at sensitizing public opinion thanks to the combined viepoints of 16 painters, drawers and sculptors from 10 different countries.

These artists spent time along the river on different occasions between September 1994 and August 1995. In view of the most pressing danger, they worked especially along the lower Loire, from Angers to the sea.

This book presents most of the artwork done, both on the spot and in the studio afterwards. Different kinds people – scientists, humanists, journalists and just plain folks – have generously contributed their knowledge or feelings to the artists'.

This book is the product of different visions of the Loire, seen by eyes that are fascinated by the scenery and the play of light, eyes that are attuned to the riches therein, eyes that are worried about or confident in the fragile living balance between Man and the Loire, eyes that are alive to the magic of a river, weaver of reveries.

Aware of past mistakes, informed of approaching dangers, these artists have, in spite of everything, created optimistic works, emphasizing the harmonies, the places to be preserved and life in all its forms.
Thus, through their art, they hope to enrich the eyes of others.

A unique testimony, a collective act of consciousness, this book is also a plea for all the rivers whose freedom of movement is threatened.

UN FLEUVE PARMI LES FLEUVES
ONE RIVER AMONG MANY

Jean-Claude Lefeuvre

Directeur du laboratoire d'Evolution
des systèmes naturels et modifiés,
Museum national d'Histoire Naturelle
de Paris.
*Director of the Laboratory studying
the evolution of pristine and
modified natural systems;
National Museum of Natural History, Paris.*

Lorsqu'on les replace dans le cycle de l'eau, à l'échelle planétaire, les fleuves peuvent nous apparaître comme quantité négligeable*; en réalité, ils constituent un réseau de systèmes écologiques riches et complexes, indispensables à la vie.

Les fleuves ont longtemps menacé les habitants des vallées qui devaient fuir lors des crues, mais on ne peut oublier que ces mêmes crues ont rythmé l'émergence et la consolidation d'une des toutes premières et des plus prestigieuses civilisations du monde, celle de l'Égypte des pharaons.

Réfugiés sur les bord du Nil, les transfuges d'un Sahara autrefois verdoyant vivaient au rythme du fleuve : le jour de la crue maximale constituait le premier jour de l'année égyptienne. Les impôts augmentaient ou diminuaient selon l'importance des inondations dont dépendaient les stocks de poisson et le succès d'une agriculture se développant après la crue sur les limons fertiles.

Les fleuves ont toujours exercé un grand pouvoir d'attraction ; ils ont conditionné les premiers aménagements du territoire et l'installation des villes. Ils ont été déifiés dans beaucoup de civilisations : avec ses 2 700 km, le Gange n'est pas un long fleuve mais, pour les hindous, c'est Ganga-ma, la Mère nourricière. Le plus long fleuve d'Europe a été, lui aussi, sanctifié : Volga signifie "saint" en vieux slavon, mais c'est aussi Matouchka, "petite mère", terme affectueux tout à fait significatif du rôle que ce fleuve a joué de tous temps dans la vie et la mémoire des Russes.

Progressivement, l'homme a cherché à maîtriser les eaux courantes et à lutter contre l'eau "nuisible". Tous les aménagements ont été faits dans la méconnaissance la plus totale du fonctionnement des fleuves. La vie des cours d'eau est en effet marquée par une notion fondamentale, celle d'échanges. Échanges "amont-aval", qui assurent l'identité de leur bassin versant depuis les multiples sources jusqu'à l'estuaire ; échanges latéraux entre le fleuve et la plaine inondable ; échanges verticaux, encore peu connus mais extrêmement importants, qui relient les eaux superficielles aux eaux souterraines.

5. Buse variable.
Commun Buzzard.
F. Desbordes
aquarelle/*watercolour*
6. La Loire près
du Mont Gerbier-de-Jonc.
The Loire near Mont Gerbier-de-Jonc.
photo C. et B. Desjeux
7. La Mayenne près
de sa source.
*The Mayenne near
its source.*
D. Clavreul
crayon/*pencil*
8. L'Allier à Saint-Cirgues.
The Allier at Saint-Cirgues.
photo J.C. Demaure

When considered in terms of the water cycle, on a planetary scale, rivers may appear to be a drop in the bucket*. In reality, rivers form a network of rich and complex ecosystems, and are indispensable for life.

Rivers have long threatened the people living in their valleys, who must flee in the face of floods, but we must not overlook the fact that these selfsame floods gave rise to the emergence and flowering of one of the very first and most prestigious civilisations the world has known, that of Ancient Egypt.

When the formerly verdant Sahara became a desert, refugees fled to the banks of the Nile, to live by the river's rise and fall. The day the Nile crested marked the first day in the Egyptian calendar. Taxes rose and fell with the extent of flooding, because it determined the replenishment of fish stocks and the success of crops growing on the fertile alluvium deposited by the Nile.

Rivers exercised a powerful attraction, constituted the transportation network for the initial development of many countries, and conditioned the location of cities.

Consequently, many civilisations deified them. With its 1550 miles, the Ganges is not a long river, but for Hindus it is Ganga-ma, the nourishing mother. Europe's longest river was also sanctified: Volga means "holy" in Old Slavonic, but it is also Matushka, "little mother", a term of endearment which meaningfully reveals the role the river has always played in Russian life and the Russian mind.

Little by little Man has sought to master running water and to fight against "harmful" water. All these developments have been made in the most perfect ignorance of how rivers function. The life of a watercourse is marked by one fundamental concept, that of exchanges. There are upstream-downstream exchanges (which guarantee a homogenous identity throughout the watershed, from the multitude of sources down to the estuary), lateral exchanges between the river and the floodplain, and vertical exchanges, (which are still poorly understood, but extremely important, and which link surface water and ground water).

Fixed on a single objective – storing water, producing energy, or regulating flow –

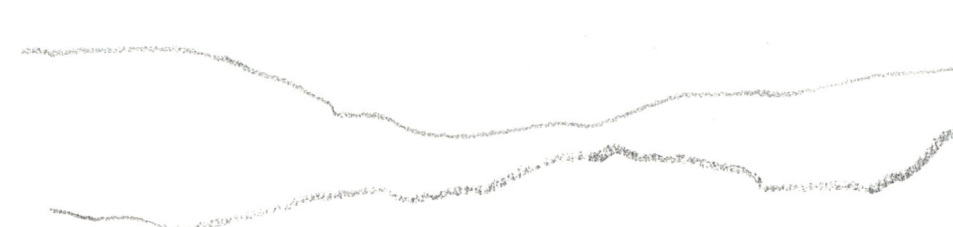

9. Les gorges de la Loire, sauvegardées grâce aux militants de SOS-Loire Vivante.
The gorges of the Loire, saved for future generations thanks to the activists of SOS - Loire Vivante.
D. Clavreul
aquarelle et pastel à l'huile
watercolour and oil pastel
10. La Loire à Brives-Charensac.
The Loire at Brives-Charensac.
D. Clavreul
crayon/*pencil*
11. Cincle plongeur.
Dipper.
J. Chevallier
crayon/*pencil*

Préoccupés par un seul objectif – stocker de l'eau, produire de l'énergie ou réguler le débit – ceux qui ont eu la prétention d'aménager les fleuves les ont souvent perçus comme un simple chenal conduisant l'eau de la montagne à la mer et ils ont été incapables d'insérer leurs projets locaux dans une vision globale. Ils ont ignoré la vie des multiples organismes qui, de l'amont à l'aval, dans un véritable continuum, produisent de la matière organique ou la récupèrent à partir des forêts riveraines, la transforment, l'utilisent, la décomposent, la minéralisent.

La Loire est malade. Les remèdes adéquats ne pourront être mis en œuvre que si tous les habitants du bassin ligérien se sentent concernés. Il faut réaménager le bassin versant, le restructurer physiquement grâce à des talus boisés pour bloquer les écoulements trop rapides d'eau et les transferts de polluants. Il faut parvenir à une utilisation plus raisonnée des engrais et des pesticides, à une réduction des apports en phosphates tant au niveau agricole qu'urbain et industriel.
Il faut également revoir le statut de la plaine alluviale pour redonner à la Loire un espace de liberté qui, mieux que les barrages, permettrait de contrôler les crues.

Toucher aux digues, pourquoi pas ? Les Hollandais, suivis en cela par les Français sur le Rhin et dans la baie des Veys, conscients du rôle important

those who have had the pretention of developing rivers have often seen them as a simple channel transporting water from the mountains to the sea, and have been unable to integrate their parochial projects in an overall concept. Solely concerned with water, they have paid no attention to the multiple life forms which, from the river's sources to its mouth, in a veritable continuum, produce organic material or absorb it from the surrounding forests, transforming, using, decomposing, and mineralizing it.

The Loire is sick. It will not be possible to take adequate measures to remedy the situation unless all the people living in the Loire watershed feel concerned. We must reorganize the watershed, physically restructuring it with wooden embankments to slow the too-rapid flow of water and the transfer of pollutants. This needs to be accompanied by a better control of agricultural production, emphasizing a more rational use of fertilizers and pesticides, as well as by a policy of reducing the amount of phosphates used in agriculture, in the home, and in industry. It will also be necessary to reconsider the status of the alluvial plain, to allow the Loire a measure of living space, which, better than dams, would make flood control possible.

Don't touch the dikes! Why not? After all, the Dutch (whose example the French have followed on the Rhine and in Veys Bay), aware of the importance of wetlands, accept depolderizing and the flooding of drained marshes. Don't touch the dams!

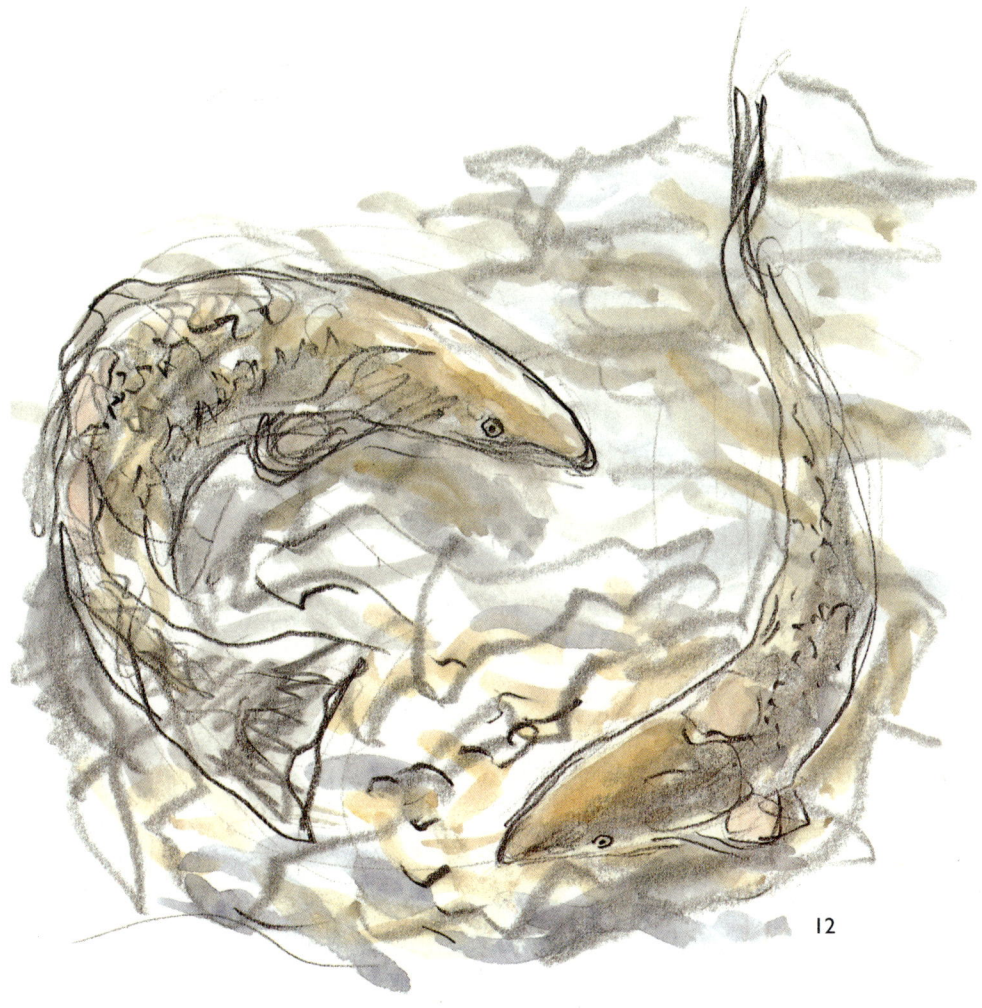

12. Deux saumons mâles.
Two male salmon.
J. Chevallier
crayon/*pencil*
13. Le barrage de Villerest.
The dam of Villerest.
photo C. Jean
14. Prolifération d'algues vertes, due à un taux anormal de matière organique dans l'eau d'un barrage.
Proliferation of green algae, due to abnormal organic matter levels in a dam reservoir.
photo R. Epple
15. Couple de saumons.
Pair of salmon.
J. Chevallier
gravure sur linoléum
lino-cut

des zones humides, acceptent bien de dépoldériser et de remettre en eau des marais asséchés.
Toucher aux barrages, bien sûr. Comment réussir à renouer avec une vraie solidarité amont-aval et à faire revenir nos poissons migrateurs, symbole de cette solidarité, sans équiper certains barrages et sans détruire ceux qui n'ont aucune raison d'être ?

La Loire est encore un fleuve vivant ; préserver cette Loire, c'est la confier à des généralistes suffisamment compétents pour avoir une vision globale de son fonctionnement et suffisamment persuasifs pour faire oublier les égoïsmes locaux en proposant un vrai schéma d'aménagement, soucieux de la protection du patrimoine naturel.

Sauver la Loire, c'est aussi rendre à ceux qui vivent à son contact des raisons d'espérer en un développement réellement durable.

* Les mers et les océans contiennent 1 348 milliards de km^3 d'eau, tandis que les fleuves et les rivières charrient au total 36 400 km^3 d'eau chaque année.

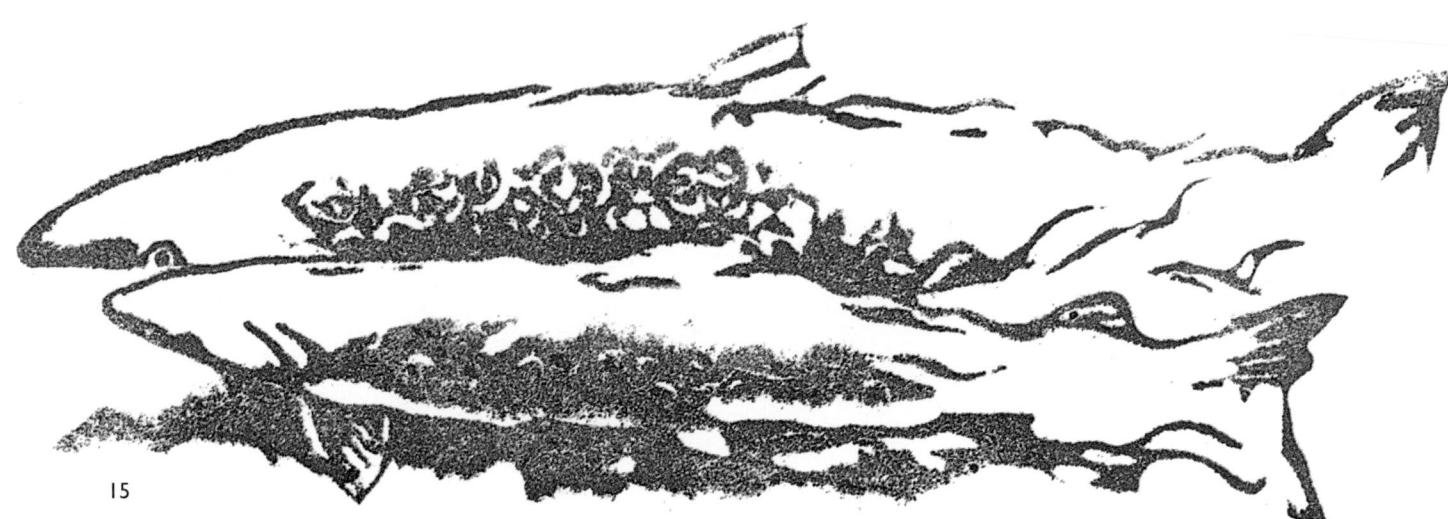

15

Jean Chevallier

BARRAGES ET SAUMONS
Les barrages empêchent les saumons de rejoindre leurs zones de reproduction et sont à l'origine de leur quasi-disparition du bassin de la Loire. La population des saumons de l'Allier qui subsiste aujourd'hui est adaptée à la plus longue remontée en eau douce au monde : un parcours de plus de 800 kilomètres.

Par ailleurs, les eaux des réservoirs de barrage sont sujettes à l'eutrophisation, un phénomène caractérisé par un développement excessif d'algues qui nuit à toute autre forme de vie.

DAMS AND SALMON
Dams prevent salmon from reaching their spawning grounds, and have caused salmon to practically disappear from the Loire basin. The remaining Allier salmon population is adapted to the longest upstream swim in the world – a distance of more than 500 miles.

In addition, the water in dam reservoirs is subject to eutrophication, a phenomenon characterized by the proliferation of algae and which endangers all other forms of life.

Of course we shall ! How else shall we be able to successfully regenerate real upstream-downstream solidarity or get migratory fish – the symbol of that solidarity – back, if we do not equip some dams and destroy others whose existence makes no sense?

The loire is still a living river. To save it, the Loire must be entrusted to general practitioners competent enough to have an overall view of its functioning, and persuasive enough to get local communities to forget their parochial egotism.
They will have to propose a real development plan which provides for the protection of our natural heritage. Saving the Loire also means giving those who live in contact with it reason to hope for truly permanent development.

* *The seas and the oceans contain 1.348 billion cubic kilometers of water, whereas 36.400 cubic kilometers of water flow in the world's rivers every year.*

14

16. Sur les bords de l'Allier,
près de Châtel-de-Neuvre.
*Near the Allier, close to
Châtel-de-Neuvre.*
D. Clavreul
crayon et fusain
pencil and charcoal
17. Les méandres
de l'Allier.
The meanders of the Allier.
photo C. et B. Desjeux
18. Martin-pêcheur.
Common Kingfisher.
D. Daly
aquarelle/*watercolour*

16 Quelque part le long d'un bras "mort" de l'Allier. Près de Châtel-de-Neuvre juin 95

17

15

18

Bec d'Allier – 10 Juin 1995

19. Le Bec d'Allier,
où l'Allier rejoint la Loire.
The Bec d'Allier, where the Allier joins the loire.
F. Desbordes
aquarelle/*watercolour*

18

20

20. Sternes naines et petit gravelot.
Little Terns and Little Ringed Plover.
F. Desbordes
crayon/*pencil*
21. François Desbordes (France).
photo F. Bony
22. Sterne naine au nid.
Little Tern nesting.
F. Desbordes
aquarelle/*watercolour*
23. La Loire près de Sancerre.
The Loire near Sancerre.
F. Desbordes
aquarelle/*watercolour*

LES OISEAUX DES
BANCS DE SABLE
ET DES GRAVIÈRES
Les bancs de sable non colonisés par la végétation et les gravières sont des milieux typiques du lit mineur de la Loire.
Ils offrent des sites de nidification parfaits pour deux espèces de sternes rares en France :
la sterne pierregarin et la sterne naine (respectivement 15 % et 35 % des populations françaises nichent sur la Loire et ses affluents).
On y trouve également le petit gravelot, un limicole dont les œufs se confondent avec le sable et les graviers. Ces trois espèces sont de grandes migratrices.

*THE BIRDS
OF THE SAND AND
GRAVEL BANKS
Bare gravel banks and sandbanks are typical milieux on the secondary branches of the Loire. They provide ideal nesting sites for two species of tern that are rare in France : the Common tern and the Little tern (15 percent and 35 percent, respectively, of the French populations nest on the Loire and its tributaries). The Little Ringed Plover, one of the Limicolae, is also to be found here. Its eggs blend in with the sand and gravel.
These three species migrate long distances.*

LA FORÊT RIVERAINE
La ripisylve est une composante essentielle des paysages et du patrimoine biologique ligérien. Constitué d'essences à bois tendre près du fleuve (saule, peuplier), son peuplement s'enrichit d'arbres à bois dur lorsqu'on s'en éloigne (frêne, orme, puis chêne et tilleul dans les zones les moins exposées aux crues).
Les lianes de clématite et de houblon confèrent à ce type de forêt un aspect de jungle. La végétation riveraine contribue à l'épuration naturelle de l'eau en filtrant les pollutions provenant du bassin versant.

THE RIVERSIDE FORESTS
Bushes and small trees form an essential part of the Loire landscape and its biological wealth. Composed of softwood trees near the river (willows and poplars), they become interspersed with hardwood trees as one moves away from the river (ash, elm, and in the areas least subject to flooding, oak and linden). Vines of clematis and hops make this type of forest jungle-like. The riverside vegetation contributes to naturally cleansing the water by filtering out pollution originating in the watershed.

24. Forêt riveraine.
Riverside Forest.
D. Clavreul
crayon/*pencil*
25. Rive boisée le long d'un bras secondaire.
Wooded bank on a secondary channel.
photo P.A. Moriette
26. Fauvette à tête noire.
Blackcap.
D. Daly
aquarelle/*watercolour*

21

LE BALBUZARD PÊCHEUR

Les balbuzards pêcheurs qui nichent dans le nord et l'est de l'Europe effectuent de grandes migrations transsahariennes.
Au printemps, mais surtout à la fin de l'été et au début de l'automne, ce rapace fréquente la vallée de la Loire lors de ses haltes migratoires. Le balbuzard se reproduit à nouveau dans le Loiret et en Bourgogne alors qu'il ne nichait plus en France continentale depuis plus de quatre vingts ans.

THE OSPREY

The Osprey, which nests in Northern and Eastern Europe, crosses the Sahara Desert on its migrations. In the spring, but especially in late summer and early fall, this bird of prey stops off to rest in the Loire valley. The Osprey had not nested in continental France for more than 80 years, but now it nests again in Loiret and in Burgundy.

27. La Loire près de Guilly.
The Loire near Guilly.
F. Desbordes
aquarelle/*watercolour*
28. Balbuzard pêcheur.
Osprey.
F. Desbordes
aquarelle/*watercolour*

29. Garrots à œil d'or.
Goldeneyes.
D. Chavigny
crayon et aquarelle
pencil and watercolour
30. La Sange rejoint la Loire près de Sully.
The Sange flows into the Loire near Sully.
D. Chavigny
aquarelle/*watercolour*

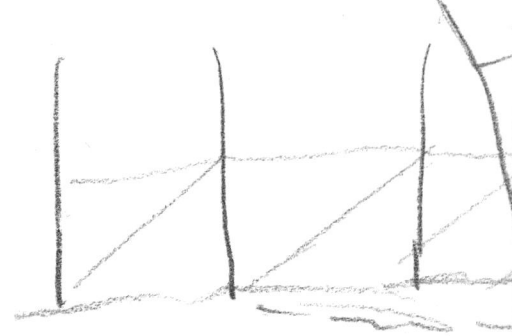

LA LOIRE DES HOMMES
MAN AND THE LOIRE

Jacques Boislève

Journaliste et écrivain.
Journalist and writer.

Lorsque j'évoque la Loire, trois images se superposent, à première vue contradictoires mais qui forment, à y regarder de plus près, un tout.

Le Gerbier-de-Jonc, tout d'abord, parfait dans son splendide isolement ; de son flanc, la Loire coule de source : un vrai morceau de nature. Un mamelon vierge, la pureté même jaillie des entrailles de la terre, pulsion quasi-volcanique, eau-mère.

La deuxième image n'efface pas la première. De la Loire des châteaux, Chambord, entre fleuve et forêt, offre l'exemple le plus accompli. Les jardins et parcs qui prolongent les châteaux attestent de cet état d'harmonie entre le végétal et le minéral, apogée du monde de la Loire que traduisent aussi à leur manière, la Vallée si bien cultivée et les coteaux à vignes impeccablement taillées, opposés aux garennes sauvages, varennes de sables incultes et grèves traîtresses. Même équilibre des villes riveraines, à Gien, Amboise, Saumur.

Mais en Loire bretonne, dès l'approche de Nantes, on pressent la rupture, une perte d'équilibre, une humiliation prévisible de la nature. C'est le troisième état de la Loire que symbolise pour moi, plus que tout, le pont qui s'élance au-dessus de l'estuaire à Saint-Nazaire, au point même où le fleuve se dissout dans le vaste océan. Cette arche de fer et de béton annonce le triomphe – sans retour ? – des ingénieurs et des mécaniciens sur les architectes et les jardiniers. Elle efface d'un trait nerveux, mais non dépourvu de beauté moderne, toute la douceur de la Loire, des siècles d'heureux compromis.

De Nantes à la mer, l'homme plus encore que le sel stérilise les rives. Et pourtant il est éminemment symbolique que ce fleuve, grande fabrique d'îles tout au long de son cours millénaire, finisse – au pays de Jules Verne – par accoucher dans la féconde matrice de l'estuaire de ces îles artificielles, villes flottantes que sont les grands paquebots, fierté des Chantiers de l'Atlantique.

Longtemps, bateaux et tonneaux ont rimé avec châteaux : c'était, au temps de sa grande Marine, l'âge d'or

31, 32, 33. Toue cabanée et filet-barrage près de Jargeau.
Traditional fishing boat and net near Jargeau.
D. Clavreul
crayon/pencil

When I call to mind the Loire, I see three superimposed images, which on first sight are contradictory, but which on second thought form a whole.

Mount Gerbier de Jonc is perfect in its splendid isolation. From its side springs the Loire – truly a part of Nature. A virgin knoll, purity itself, bubbling up from the bowels of the earth, a quasi-volcanic impulsion, water our mother.

The second image does not blot out the first. Of all the châteaux of the Loire, Chambord, between water and wood, provides the most polished example. The gardens and parks that form an extension of these châteaux attest to the state of harmony existing between the vegetable and the mineral worlds, the high point of the world of the Loire, which is also expressed, in another way, by the lovingly cultivated Valley and the hillsides of impeccably pruned vineyards, counterbalanced by the wild warrens, the sandy stretches of underbrush, and the treacherous strands. The same natural balance is to be found in the river towns: in Gien, Amboise, Saumur.

But all along the Breton stretch of the Loire, as soon as you approach Nantes, you can sense a break, a loss of balance, an inevitable humiliation of Nature. This is the third state of the Loire, which is symbolized for me, more than by anything else, by the bridge that soars over the estuary at Saint-Nazaire, at the very spot where the river dissolves into the vast ocean.
That concrete and steel arch heralds the – irredeemable ? – victory of engineers and mechanics over architects and gardeners. With one energetic swipe – not without a modern sort of beauty – it wipes out all the gentleness of the Loire, and centuries of contented compromise.

From Nantes to the sea, Man, far more than salt, has sterilized the riverbanks. And yet it is highly symbolic that this river, great engendrer of islands all along its thousand-year-old path to the sea, should finish – in the homeland of Jules Verne – by giving birth in the fertile womb of the estuary to those artificial islands, those floating cities that are the great ocean liners, the pride of the Shipyards of the Atlantic.

For ages, cog boat and wine keg have alliterated with castle: that was, in the days of its great fleet, the golden age of

Combleux - 8.6.95, là où le canal de Paris à Orléans rejoint la Loire

de la Loire. Les gars de la Loire, figures emblématiques du fleuve, n'étaient certes que des marins d'eau douce, mais au long cours, comme le saumon remontant vers les sources après son périple atlantique.

Cette aventure des nautes, prospères dès le Moyen Âge, ne doit pas occulter la lutte plus ancienne encore conduite par la piétaille des Vallerots pour sortir de l'eau les meilleurs terres du Val au point de finir par modeler ce paysage complètement à leur image, avec la même amoureuse patience que les vignerons sur leurs coteaux, logeant sous leur clos dans les caves demeurantes. On doit à ces Vallerots ce système de levées qui suscitait déjà l'admiration de Jean de la Fontaine : la Loire, écrit-il,

"... ravagerait mille moissons fertiles, engloutirait des bourgs, ferait flotter des villes, détruirait tout en une nuit ... si le long de ses bords n'était une levée qu'on entretient soigneusement..."

Au XIXᵉ siècle, à la suite de crues dévastatrices à répétition, la logique des levées est poussée à l'extrême ; les ingénieurs espéraient ainsi les rendre insubmersibles. Mais la poussée des eaux fut la plus forte. Onésime Reclus pouvait dès lors fustiger l'erreur des hommes : "Cette Loire, on l'a malgré une légitime résistance incarcérée dans la geôle d'un nain quand il lui fallait le préau d'un géant..."
L'autre réponse possible aux colères périodiques du fleuve et à ses irrégularités saisonnières résidait dans la construction

35

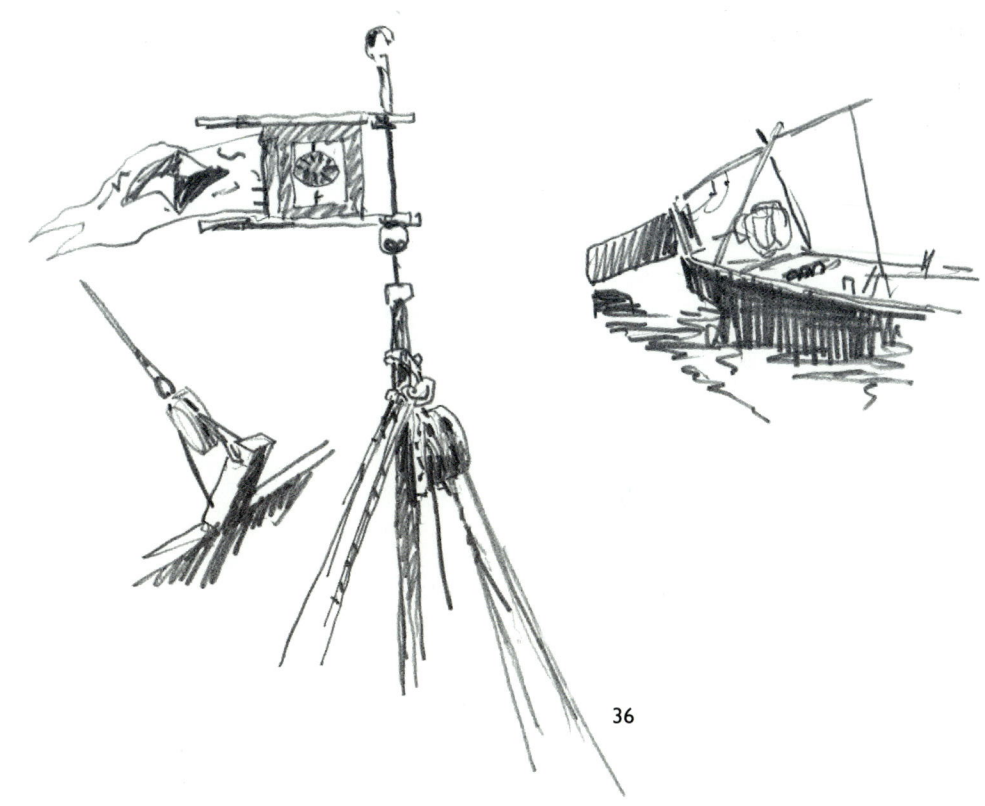

36

34. Combieux ; la première écluse du canal d'Orléans.
Combieux; the first lock along the canal of Orléans.
D. Clavreul
crayon/pencil

35. La Loire endiguée à Orléans.
The diked-in Loire at Orléans.
photo J.L. Pratz

36. Détails d'un bateau de Loire traditionnel.
Details of a traditional Loire riverboat.
D. Clavreul
crayon/pencil

the Loire. The boys of the Loire, emblematic figures of the river, were, of course, only fresh-water sailors, but they went the distance, like the salmon swimming upstream towards the source after their Atlantic sojourn.

The adventure of the boatmen, who prospered from the Middle Ages on, must not obscure the even older struggle waged by the humble valley-dwellers to drain the best land in the Valley, until they wound up completely modeling the landscape in their image with the same loving patience as the wine growers on their hillsides, to the point of living beneath their vineyards in troglodyte caves.

It is to these valley-dwellers that we owe the system of levees which, in an earlier time, won the admiration of Jean de la Fontaine : the Loire, he wrote, "would ravage a thousand fertile harvests / would swallow up villages and cause cities to float / would destroy everything in a single night / ... were there not, along its banks, a levee / that is kept up and maintained most carefully / ..."

In the 19th century, following repeated disastrous floods the logic of the levee taken to extremes. The engineers even hoped to render them impregnable. But the force of the floodwaters was stronger. Onesime Reclus could denounce the folly of men in these terms: "This Loire, despite its legitimate resistance, was incarcerated in a dwarf's prison, when it required a giant's exercise yard..."
The other possible response to the river's periodic fits of anger and seasonal irregula-

37

de barrages. On y songe dès Louis XIV auquel on proposa de barrer les gorges de la Loire entre Le Puy et Roanne pour mettre définitivement l'ensemble du Val à l'abri des inondations : le principe du barrage écrêteur de crues venait d'être posé ! L'ouvrage, réalisé à grands frais, n'eut pas les effets escomptés.
Ecrêtage des crues, soutien de l'étiage, on le voit, Jean Royer, le past président de l'EPALA* qui prétendait lui aussi dompter la Loire, n'a rien inventé !

Ce débat multi-séculaire sur sa domestication renvoie à l'ambiguïté originelle du grand fleuve androgyne : vieux Loyre des Gaulois, douce Loire d'aujourd'hui. On le retrouve dans l'autre débat-fleuve sur la Loire navigable, où s'affrontent les partisans du canal latéral – dont le beau-frère de Balzac est le promoteur – et ceux qui, tirant argument du fait que la Loire est un fleuve de sable, ont simplement cherché à accentuer le creusement naturel du chenal à l'aide d'épis noyés.

L'arrivée du chemin de fer eut tôt fait de trancher le débat à son profit et coula les paquebots de la Loire lancés trente ans plus tôt (en 1822) sur le fleuve.

Merveille d'équilibre entre activités humaines et sauvegarde de la vie sauvage et, à ce titre, plus que jamais chef-d'œuvre en péril, la Loire nous donne une grande leçon de mesure : ne la gâchons pas.

37. Le fleuve en danger.
The endangered river.
Kasobane
art Bogolan sur tissu
Bogolan art on fabric
38. La centrale nucléaire de Saint-Laurent-des-Eaux.
The nuclear power plant of Saint-Laurent-des-Eaux.
F. Desbordes
crayon/*pencil*
39. Cultures intensives le long de la Loire.
Intensive farming along the Loire.
photo C. Jean

* Établissement public d'aménagement de la Loire et de ses affluents.

LES NOUVELLES CONSÉQUENCES DES ACTIVITÉS HUMAINES

La Loire est l'un des fleuves les plus "nucléarisés" au monde, avec 4 centrales nucléaires en activité. Ces centrales ont nécessité la construction de deux barrages au début des années 80 afin d'assurer l'alimentation en eau de leurs systèmes de refroidissement et la dilution des effluents liquides à faible radioactivité.
La construction d'une cinquième centrale est prévue dans l'estuaire et suscite une vive opposition.

Le programme de barrages proposé par la suite visait à lutter contre les crues et à permettre le développement de l'agriculture intensive. En réalité, il incitait à l'urbanisation de secteurs exposés aux risques d'inondations ainsi qu'au gaspillage de la ressource en eau.

NEW CONSEQUENCES OF HUMAN ACTIVITY

With four nuclear power plants in service, the Loire is one of the most "nuclearized" rivers in the world.
In the early 1980s two dams had to be built to provide water for the cooling systems of these nuclear power plants and to dilute the low-level radioactive discharge water.
The construction of a fifth nuclear plant in the estuary is planned and has aroused lively opposition.

The dam construction program proposed afterwards was supposed to limit flooding and to permit the development of intensive agriculture.
In reality, it promoted urban development in a number of sectors where there is a flood hazard, as well as the wasting of water resources.

38

39

rities lay in the construction of dams. The idea occupied men's minds from the time of Louis XIV, to whom it was proposed that the gorges of the Loire between le Puy and Roanne be dammed, in order to permanently protect the whole valley from flooding: the principle of using dams to lop off flood crests had been invented! The project was realized at great expense but failed to produce the hoped-for radical improvement. Lopping off flood crests, raising the level of the river in the dry season, it can be seen that Jean Royer, past president of EPALA*, who asserted that he would master the Loire, was not coming up with anything new!

The centuries-old debate on the taming of the Loire brings us back to the singular ambiguity of the great androgynous river: ye olde Loyre was masculine for the Gauls, the gentle Loire is feminine today. The same argument is repeated in the flood of words about the navigable Loire, which opposes the supporters of the lateral canal promoted by Honoré de Balzac's brother-in-law and those who, basing their argument on the fact that the Loire, river of sand, is a river with a mobile bed, advocate improving the channel quite simply by accentuating its natural scouring action with the help of submerged groynes.

The arrival of the railroad soon cut short, in its favor, the argument, and sank the steamers of the Loire, which had been launched 30 years earlier (in 1822).
A marvel of balance between human activity and the preservation of wildlife, and as such, more than ever an endangered masterpiece, the Loire can teach us a great lesson in moderation. Let's not spoil it.

* *Government-owned corporation for the development of the Loire and its tributaries.*

40. Les protecteurs de la Loire.
The guardians of the Loire.
Kasobane
art Bogolan sur tissu
Bogolan art on fabric
41. Boubacar Doumbia (Mali).
photo F. Bony
42. Les mains de Boubacar.
Bubacar's hands.
D. Clavreul
crayon/*pencil*

Entre les personnages symbolisant les efforts réalisés pour la sauvegarde de la Loire, apparaît "Bamana Mali", signe de l'Eau mais aussi signe de la Vie. Le motif s'inspire d'une médaille autrefois remise aux gens ayant secouru des nageurs en détresse.

Among the characters symbolizing the efforts to protect the Loire, there appears "Bamana Mali", the symbol for Water and Life. The motif was inspired by a medal that used to be awarded to persons who had saved a drowning swimmer.

Kasobane

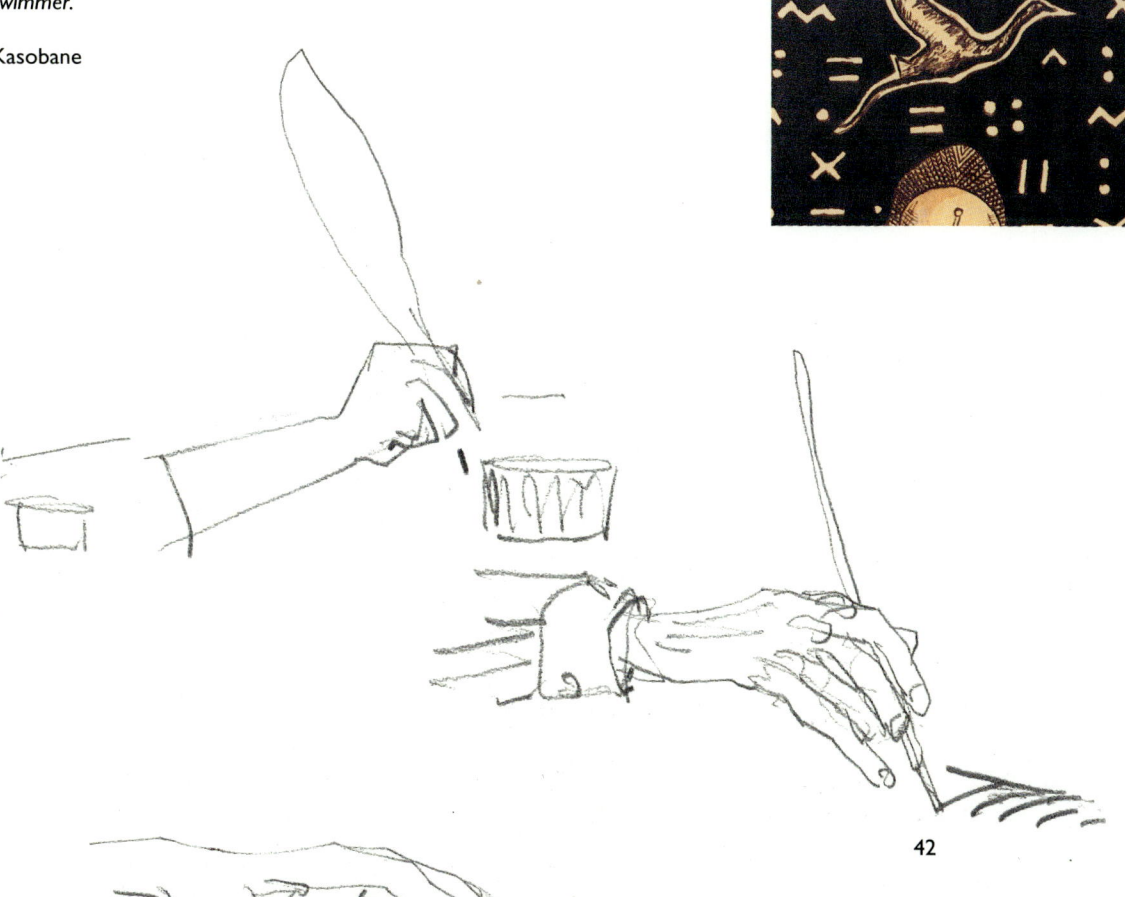

A propos de l'Art

Dieu déclara un jour à la mort :
- Rends-toi chez le peintre car son heure est venue. Lorsque la mort pénétra dans l'atelier, l'artiste réalisait le portrait d'une femme. La mort fit part de sa mission, puis le peintre lui dit :
- Pourrais-tu patienter un peu ? J'aimerais, avant de te suivre, achever ce tableau.
Quand le peintre posa ses pinceaux, la mort s'approcha, froide et implacable ; elle examina la toile et, à sa grande surprise, se mit à sourire, de plaisir.
Alors la mort, vaincue, quitta le peintre en lui laissant la vie.

On Art

One day, God said to Death :
"Go and visit the painter, because his time has come".
When Death entered the studio, the artist was painting the portrait of a woman. When Death informed him of his mission, the painter replied :
"Could you wait a little ? Before going with you, I would like to finish this painting".
When the painter laid down his brushes, Death came up, cold and implacable, and examined the canvas. To his great surprise, he began to smile – with pleasure. So Death, vanquished, spared the painter's life and left.

fable contée par
fable related by
K. Koulibali

34

43. Tariers pâtres.
Stonechats.
D. Chavigny
crayon et aquarelle
pencil and watercolour
44. La Loire près de Beaugency.
The Loire near Beaugency.
F. Desbordes
aquarelle/*watercolour*

43

35

36

45

La Loire n'est pas un canal indolent et docile. Sa force, sa richesse, elle les doit à son étiage d'une extrême variabilité.
Les bancs de sable, de vase ou de gravier naissent, disparaissent, se déplacent au gré des crues hivernales.
Ses îles instables qui procurent gîte et couvert à de nombreux migrateurs sont, pour le peintre-naturaliste, de véritables scènes d'exposition.
Les modèles interchangeables et complaisants offrent chaque jour un tableau nouveau qu'il serait vain de compliquer en savantes compositions.

D. Chavigny

The Loire is not an indolent, docile canal. Its strength and its wealth are due to the great variations in the low-water mark. Banks of sand, mud, or gravel are formed, disappear, and shift according to the whims of the winter floods.
Its unstable islands, which provide room and board for many migratory birds, are, for the painter-naturalist, veritable expository scenes. These complacent and interchangeable models offer a new tableau every day, which it would be quite vain to complicate with academic notions about composition.

46

47

45. Chaumont.
D. Clavreul
crayon/*pencil*
46. Denis Chavigny (France)
photo C. et B. Desjeux
47. Village et jardins de Touraine.
Village and vegetable gardens in Touraine.
photo C. et B. Desjeux
48. Grands cormorans et héron cendré.
Cormorants and Grey Heron.
D. Chavigny
aquarelle/*watercolour*
49. Fête de la batellerie le long de la Vienne, au pied de la ville médiévale de Chinon.
Traditional riverboat festival on the Vienne below the ruins of Chinon fortress.
photo C. et B. Desjeux

QUAND LE FLEUVE RESPIRE
THE LIFEBREATH OF THE RIVER

Monique Coulet

Docteur ès sciences ; membre de
la Commission nationale de l'Eau
au Ministère de l'Environnement.
*Ph.D. in science; member of the
Ministry of the Environment's
National Commission on Water.*

Dernier fleuve sauvage, dit-on !
En fait, de tous les fleuves français, la Loire est celui qui est
le plus anciennement aménagé.
Mais elle n'est pas le grand escalier
qu'est devenu le Rhône en 40 ans, avec
20 barrages entre Genève et la mer ;
elle n'a pas atteint le degré de pollution
d'autres fleuves européens ; elle n'est
pas non plus une grande autoroute
à péniches comme le Danube, la Meuse,
le Rhin, l'Elbe, et bien d'autres…
La Loire est encore un fleuve vivant.

Elle représente un véritable patrimoine
naturel par les espèces qu'elle abrite :
les populations de saumons et d'ombres
communs constituent des races originales, spécifiques à la Loire. De nombreuses espèces d'oiseaux, comme les
sternes, le petit gravelot et le râle des
genêts, sont également remarquables.
Sur les grèves se maintient toute
une mosaïque d'espèces végétales caractéristiques de ces milieux instables…

Ce patrimoine naturel est irremplaçable :
l'homme peut canaliser les fleuves,
les barrer, voire même détourner leur
cours, mais il ne pourra jamais faire vivre
les espèces d'eau vive dans des fleuves
aménagés. Le fleuve est comparable à
un gigantesque organisme vivant fort
complexe. Il ne peut plus être considéré
seulement comme une quantité d'eau ou
d'énergie à la disposition de l'homme,
pour l'industrie, l'irrigation, la navigation, etc., ni comme une menace à cause
de ses crues.

On pourrait le comparer à un arbre,
mais avec un fonctionnement inverse :
dans l'arbre c'est le tronc qui alimente
les branches jusqu'à la moindre ramification ; le fleuve, au contraire, est alimenté
par toutes les ramifications de ses
affluents. C'est pourquoi parler de la
Loire en termes scientifiques implique
de considérer le fleuve et l'ensemble de
son bassin versant ; on ne peut toucher
aux affluents sans atteindre le fleuve lui-
même. Barrer un fleuve, c'est comme
tronçonner un arbre : les billots à terre
ont perdu la vie.

Le fleuve respire grâce au rythme régulier des hautes et des basses eaux, avec
parfois des bouffées plus amples que
sont les crues et les étiages sévères.
A la faveur des crues, l'axe principal

bras secondaire
presque à sec

The last untamed river! they say.
In reality, of all France's rivers,
the Loire is the one that was tamed
first, but it is not the long staircase that
the Rhone has become, with 20 dams built
between Geneva and the sea in 40 years.
Nor is it as polluted as other European
rivers, nor has it become a big superhighway
for barges, like the Danube, Meuse, Rhine,
Elbe, and many others. The Loire is still
a living river.

The Loire constitutes a real natural treasure
for the species that make it their home:
the Salmon of the Loire and the Common
Grayling populations are not to be found
anywhere else and represent a unique genetic
treasure. Many birds like terns, Little
Ringed Plover and Corncrake, are also
worthy of note. On the sandbanks, a crazy
quilt of plant species grow, characteristic of
this unstable milieu.

This natural heritage is irreplaceable.
Man can dam and canalize rivers, and can
even change their courses, but he can never
make running water species live in a tame
river. The Loire can be compared to a gigantic and highly complex living organism.
It can no longer be thought of as just a
quantity of water or energy at man's disposal, to be used for industry, irrigation,
navigation, and so on. Nor can it be regarded as a threat due to seasonal fluctuations in its water level.

A river can be compared with a tree, but
one in which flow is in the opposite direction.
In a tree, sap flows up from the trunk
through the branches to the smallest twigs.
A river, on the other hand, is fed by and
depends on its tributaries, and they on the
smallest streamlets draining the watershed.

That is why any scientific discussion
of the Loire must include all of its tributaries. Damming a river is like chopping up a
tree: each cut log lies lifeless on the ground.

The life breath of the river is the seasonal
cycle of high and low water, punctuated by
the occasional deeper breaths and hiccups
that are floods and severe low water.
When the river floods, the main channel
shifts, the morphology of the riverbed
changes, meanders are cut short, deposit
zones are moved, and islands, secondary
channels, and oxbow lakes are created.
In the floodplain, floods create a varied
natural habitat that is indispensable for

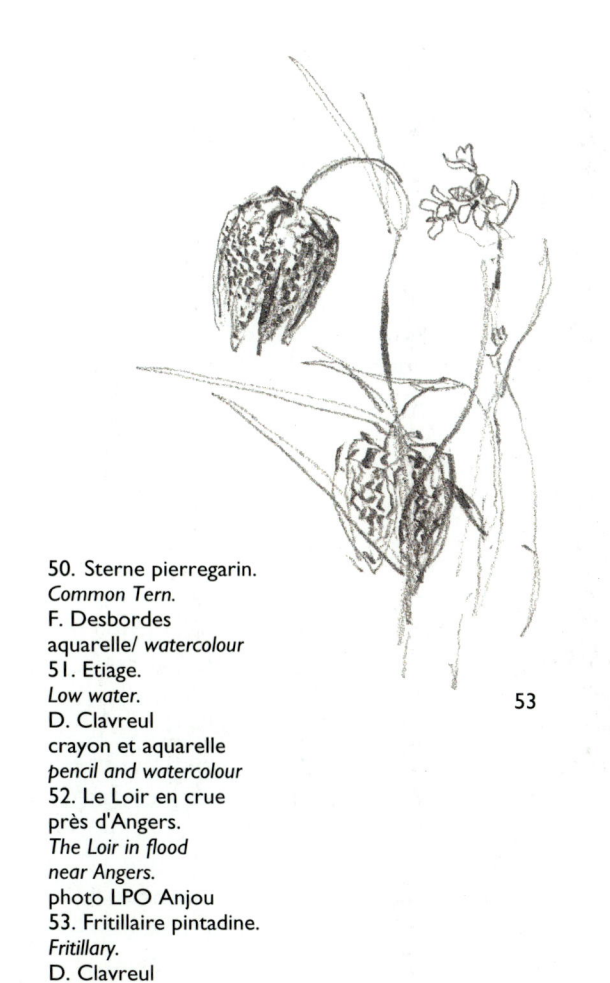

50. Sterne pierregarin.
Common Tern.
F. Desbordes
aquarelle/ *watercolour*
51. Etiage.
Low water.
D. Clavreul
crayon et aquarelle
pencil and watercolour
52. Le Loir en crue
près d'Angers.
*The Loir in flood
near Angers.*
photo LPO Anjou
53. Fritillaire pintadine.
Fritillary.
D. Clavreul
crayon/*pencil*

se déplace, la morphologie du lit se modifie, les méandres sont recoupés, les zones de dépôts se déplacent, il y a création d'îles, de bras secondaires, de bras morts... Les crues, dans la plaine alluviale, sont donc créatrices d'espaces naturels, tous indispensables à l'équilibre de l'ensemble.

Ainsi, les marais jouent le rôle d'éponge : ils retiennent l'eau et ralentissent l'onde de crue. Les poissons viennent frayer dans les bras secondaires et les boires alimentées en eau lors des inondations. Les conditions de vie y sont moins sévères que dans l'axe principal ; les jeunes poissons peuvent y trouver leur nourriture et s'y développer. Ce n'est que plus tard qu'ils pourront affronter le courant du fleuve proprement dit. C'est aussi là que les poissons de l'axe trouvent refuge lors des crues ou lors des flux de pollution.

Lorsque le fleuve déborde et s'étale dans la plaine alluviale, il ralentit sa course vers l'aval ; l'eau "engraisse" les prairies, s'infiltre en partie et recharge ainsi les nappes souterraines qui restitueront leur eau au fleuve pendant l'été.

Faire des barrages et des digues dans l'illusion d'assagir la Loire, c'est lui couper sa respiration, c'est la coincer dans un carcan. Aménager la Loire, c'est donc porter atteinte à tout un équilibre, à tous ces mécanismes qui font que le système fonctionne, qu'il est vivant. Domestiquer un tel organisme revient à le simplifier et à le rendre vulnérable. Un fleuve libre s'entretient et se régénère de lui-même. Un fleuve aménagé ne se défend plus, et c'est l'homme qui doit l'entretenir et le soigner à grands frais.

En cette fin de XXe siècle, notre expérience de l'aménagement des fleuves et de leurs effets pervers à long terme, nos connaissances scientifiques, nous dictent une loi : respecter la nature. L'homme doit accepter de se retirer quelque peu des plaines alluviales et laisser ainsi aux fleuves l'espace dont ils ont besoin.

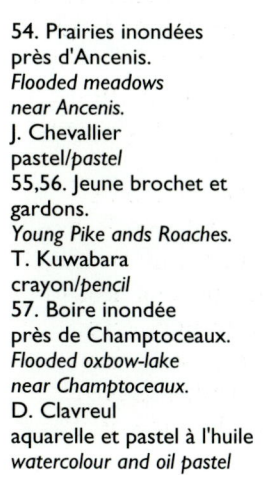

54. Prairies inondées
près d'Ancenis.
*Flooded meadows
near Ancenis.*
J. Chevallier
pastel/*pastel*
55, 56. Jeune brochet et
gardons.
Young Pike ands Roaches.
T. Kuwabara
crayon/*pencil*
57. Boire inondée
près de Champtoceaux.
*Flooded oxbow-lake
near Champtoceaux.*
D. Clavreul
aquarelle et pastel à l'huile
watercolour and oil pastel

the overall balance of nature. Marshes, for example, act like sponges: they soak up water and slow the crest of a flood.

Fish come to spawn in the secondary channels and the oxbow lakes filled with flood water. Here, living conditions are not so difficult as in the main channel. Young fish can find food and grow. It is not until later that they will be able to brave the real current of the river. Here, too, main channel fish find refuge when the river rises or when an accident pollutes the main channel.

When the river overflows its banks and spreads out over its floodplain, its race to the ocean slows and its waters "fatten" the meadows. Some of the floodwater seeps down and replenishes the aquifers. Over the summer, ground water feeds back into the river.

Building dams and dikes in hopes of taming the Loire will only suffocate it and strangle it in a vice. "Developing" the Loire means attacking a natural balance and all of the mechanisms that allow the river system to live and work. If man tames this gigantic and extremely complex system, he will simplify it without realizing that he is making it more vulnerable.

An untamed river takes care of itself and is self-regenerating. A domesticated river is defenseless, and must be maintained and nursed at great cost.

As the 20th century draws to a close, our experience with taming rivers and its disastrous long-term effects, and our scientific knowledge reveal one truth :We are all a part of nature. Man must accept the fact that he must draw back from the floodplain and leave the rivers room to live.

58. Les trois aigrettes.
The three Little Egrets.
D. Clavreul
pastel à l'huile/*oil pastel*

43

44

59

59. Les prairies en fleurs.
The meadows in flower.
D. Clavreul
aquarelle et pastel à l'huile
watercolour and oil pastel
60. Bergeronnettes printanières picorant parmi le bétail.
Yellow Wagtails pecking about among the cattle.
T. Kuwabara
crayon/*pencil*
61. Les prairies inondables.
The water meadows.
photo P. Gurliat

LES PRAIRIES INONDABLES
Dans toute l'Europe, les prairies naturelles de fauche disparaissent sous le coup des drainages intensifs et de la mise en culture. Ces prairies subsistent le long de la Loire et de ses affluents ; inondées en hiver, elles se couvrent au printemps d'une flore exceptionnelle et variée. Les basses vallées angevines ont une extraordinaire valeur ornithologique, tant lors des migrations de printemps que pendant l'hivernage et la nidification.

WATER MEADOWS
Everywhere in Europe, natural hay meadows are disappearing due to intensive draining and conversion into arable land. Such meadows subsist along the Loire and its tributaries. Flooded in winter, in the spring they are covered with exceptional and varied flora. The low valleys of Anjou are of extraordinary ornithological importance, as much during the spring migrations as during wintering and the nesting season

LE RÂLE DES GENÊTS
Le râle des genêts est un oiseau mondialement menacé de disparition.
Les prairies naturelles de fauche constituent en France ses derniers sites de reproduction.
La LPO mène une campagne de protection très active dans la région d'Angers ; elle pilote aussi sur la rive nord de l'estuaire, où l'on trouve des biotopes similaires, un programme européen "Life" pour tenter de sauver l'espèce.

THE CORNCRAKE
The Corncrake is a bird that is threatened with extinction. In France, the natural hay meadows constitute its last nesting sites. The League for the protection of birds is conducting an active campaign for its protection in the Angers area. It is also piloting a European "Life" program to save the species on the northern bank of the estuary, where similar biotopes are to be found.

65. Prairies au crépuscule.
Meadows in the twilight.
J. Chevallier
pastel/*pastel*
66. Râle des genêts.
Corncrake.
J. Chevallier
encre/*ink*
67. Bergeronnettes printanières.
Yellow Wagtails.
D. Chavigny
crayon et aquarelle
pencil and watercolour

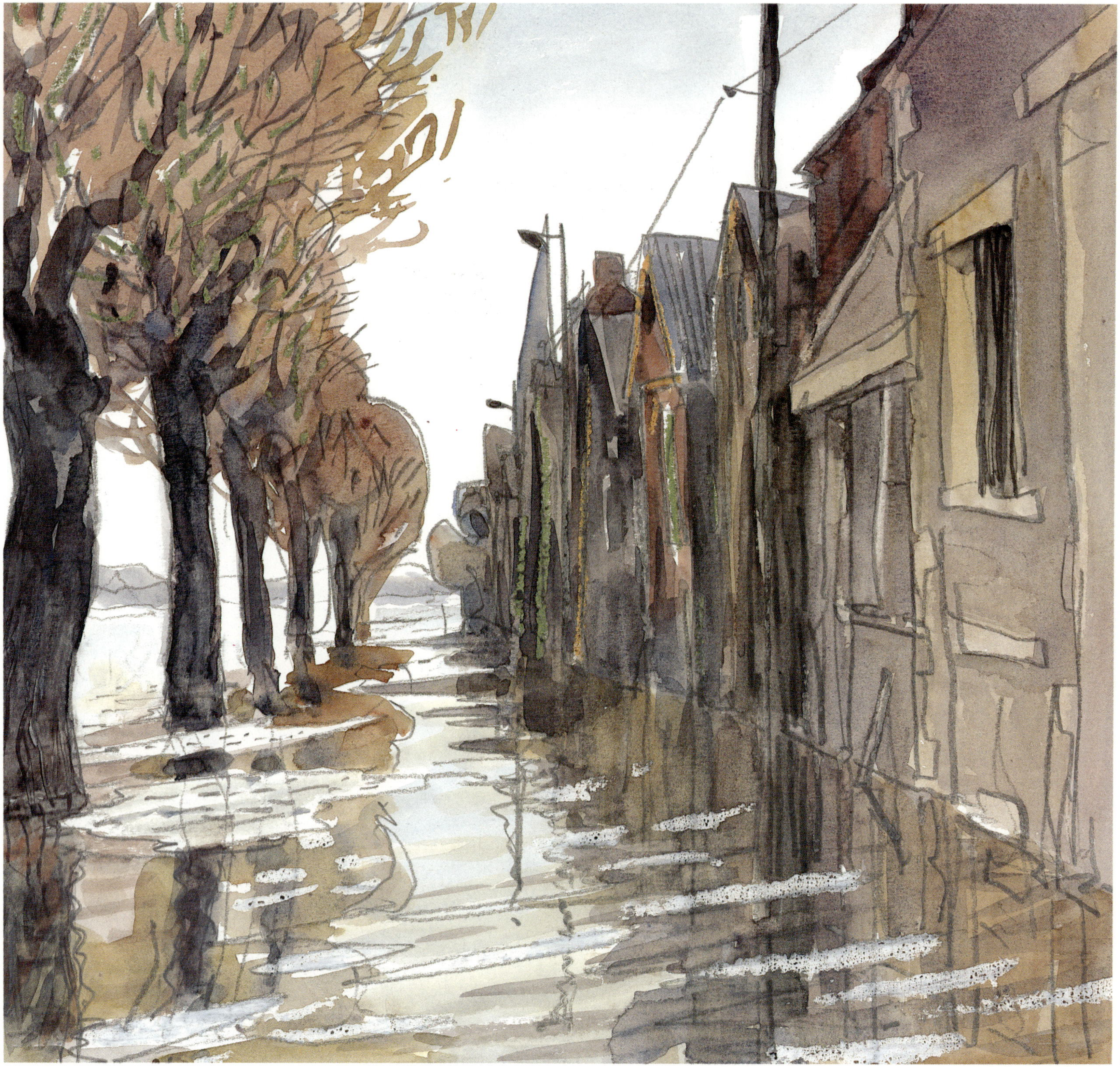

68

68. Le fleuve en crue
à Chalonnes-sur-Loire.
*The river in flood at
Chalonnes-sur-Loire.*
D. Clavreul
aquarelle et pastel à l'huile
watercolour and oil pastel
69. Pic vert.
Green Woodpecker.
J. Chevallier
pastel/*pastel*
70. Prairies inondées.
Flooded meadows.
J. Chevallier
pastel/*pastel*

52

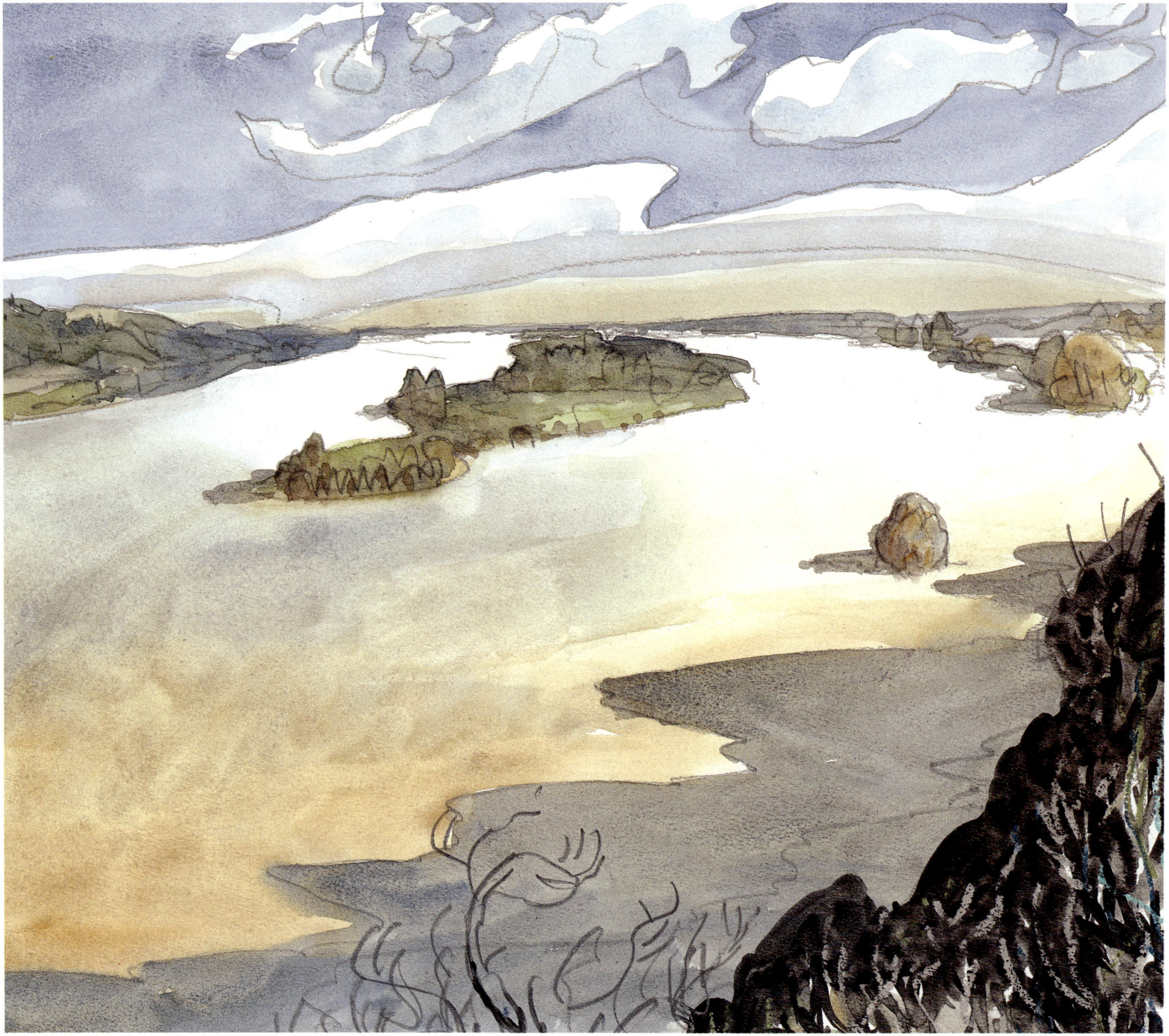

71. La Loire
à Champtoceaux.
*The Loire near
Champtoceaux.*
D. Clavreul
aquarelle et pastel à l'huile
watercolour and oil pastel
72. Crue à Mauves-sur-Loire.
Flood near Mauves-sur-Loire.
D. Clavreul
aquarelle/*watercolour*
73. Pêcheur.
Fisherman.
T. Kuwabara
crayon/*pencil*

L'île est ancrée au milieu du fleuve. La Loire en crue glisse autour d'elle, inquiétante, fluide et figée à la fois, comme un grand glacier.

The island is anchored in the middle of the Loire. The Loire in spate swirls around it, worrying, both fluid and immobile, like an enormous glacier.

D. Clavreul

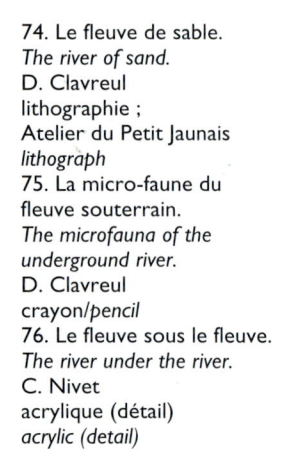

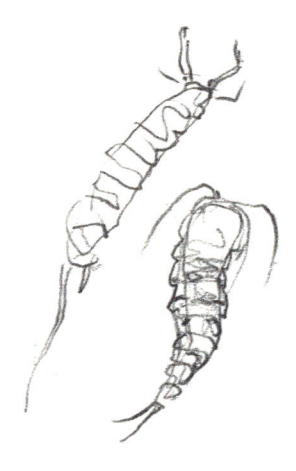

74. Le fleuve de sable.
The river of sand.
D. Clavreul
lithographie ;
Atelier du Petit Jaunais
lithograph
75. La micro-faune du fleuve souterrain.
The microfauna of the underground river.
D. Clavreul
crayon/*pencil*
76. Le fleuve sous le fleuve.
The river under the river.
C. Nivet
acrylique (détail)
acrylic (detail)

LE FLEUVE SOUTERRAIN

Le fleuve a aussi sa vie secrète, un compagnon de route plus vaste que lui et beaucoup plus lent puisque ses eaux s'insinuent à travers les sédiments, sous les graviers et les galets.
Ce fleuve méconnu, obscur, est vivant. Il abrite des animaux typiques, parfois blancs et aveugles comme ceux des cavernes. Cet univers souterrain constitue un milieurefuge (en cas de crue, de sécheresse, de pollution), un espace protégé pour déposer les œufs (les jeunes larves ne rejoignent leurs congénères en surface que lorsqu'elles sont devenues capables de résister au courant), un immense épurateur d'eau grâce à la faune, aux algues et à la multitude de bactéries qui l'habitent.

THE UNDERGROUND RIVER

The river also has a secret life, a bigger and slower fellow traveler whose water seeps through the sediment, beneath the gravel and pebbles.
This is the little-known, obscure, and nonetheless living river. It is home to characteristic animals, which are sometimes pale and blind, like cave-dwellers. This subterranean world constitutes a mileu of refuge is case of flooding, drought, or pollution. It is a protected milieu for depositing eggs (young larvae do not join their brethren on the surface until they are able to swim against the current), and an immense water purifier, thanks to the fauna, the algae, and the multitude of bacteria that live in it.

55

Au-delà de ce qui peut sembler anecdotique, il y a ces instants concentrés qui changent ma façon de vivre. L'hirondelle de rivage n'est plus seulement un oiseau gracieux, passionnant à observer ; elle devient le trait d'union fragile entre la réalité palpable, organisée, et mon imaginaire ; elle est l'oiseau migrateur si présent et diffus à la fois, reliant la Loire à l'Afrique ; elle est un symbole vivant de l'unité du monde.

Beyond those which may appear anecdotal, there exist those concentrated moments that have changed the way I live.
For me, the Sand Martin is no longer just a graceful bird, fascinating to observe. It has become the fragile link between organized, palpable reality, and my imagination. It is the migratory bird, both so present and so diffuse, that links the Loire to Africa. It is a living symbol that the world is one.

D. Clavreul

77. L'île Boire-Rousse.
The island of Boire-rousse.
photo C. Jean
78. Nids d'hirondelles de rivage.
Nests of Sand Martins.
photo Ph. de Grissac
79. Hirondelles de rivage.
Sand Martins.
F. Desbordes
aquarelle/*watercolour*
80. Terminal sablier près de Nantes.
Sand port near Nantes.
D. Clavreul
crayon/*pencil*
81. L'île enrochée.
The rock-clad island.
D. Clavreul
fusain, gouache et encre sur papier kraft
charcoal, gouache and ink on brown paper

L'EXTRACTION DU SABLE ET SES CONSÉQUENCES
L'île Boire-Rousse, en partie acquise par le WWF, est une des nombreuses îles de Loire dont les berges subissent une forte érosion en raison du creusement du chenal et des extractions massives de sable réalisées au cours de ces 30 dernières années (ces prélèvements sont désormais interdits dans le lit mineur sur tout le cours du fleuve). Pour remédier à l'affaissement des rives, les collectivités locales ont entrepris des enrochements inesthétiques et très coûteux qui créent à leur tour de nouvelles perturbations. A titre d'exemple, les hirondelles de rivage ne peuvent plus creuser les berges pour y installer leurs nids.

THE EXTRACTION OF SAND AND ITS CONSEQUENCES
Boire-rousse island, partly owned by WWF, is one of the many Loire islands whose banks are subject to a great deal of erosion due to the dredging of the channel and the extraction of enormous quantities of sand over the past 30 years. (Such extraction is now forbidden in all of the river's secondary beds.) To prevent the riverbanks collapsing, local communities have to cover them with rocks, which is expensive and unsightly, and which generates new problems. For example, Sand Martins can no longer dig into the banks to build their nests.

81

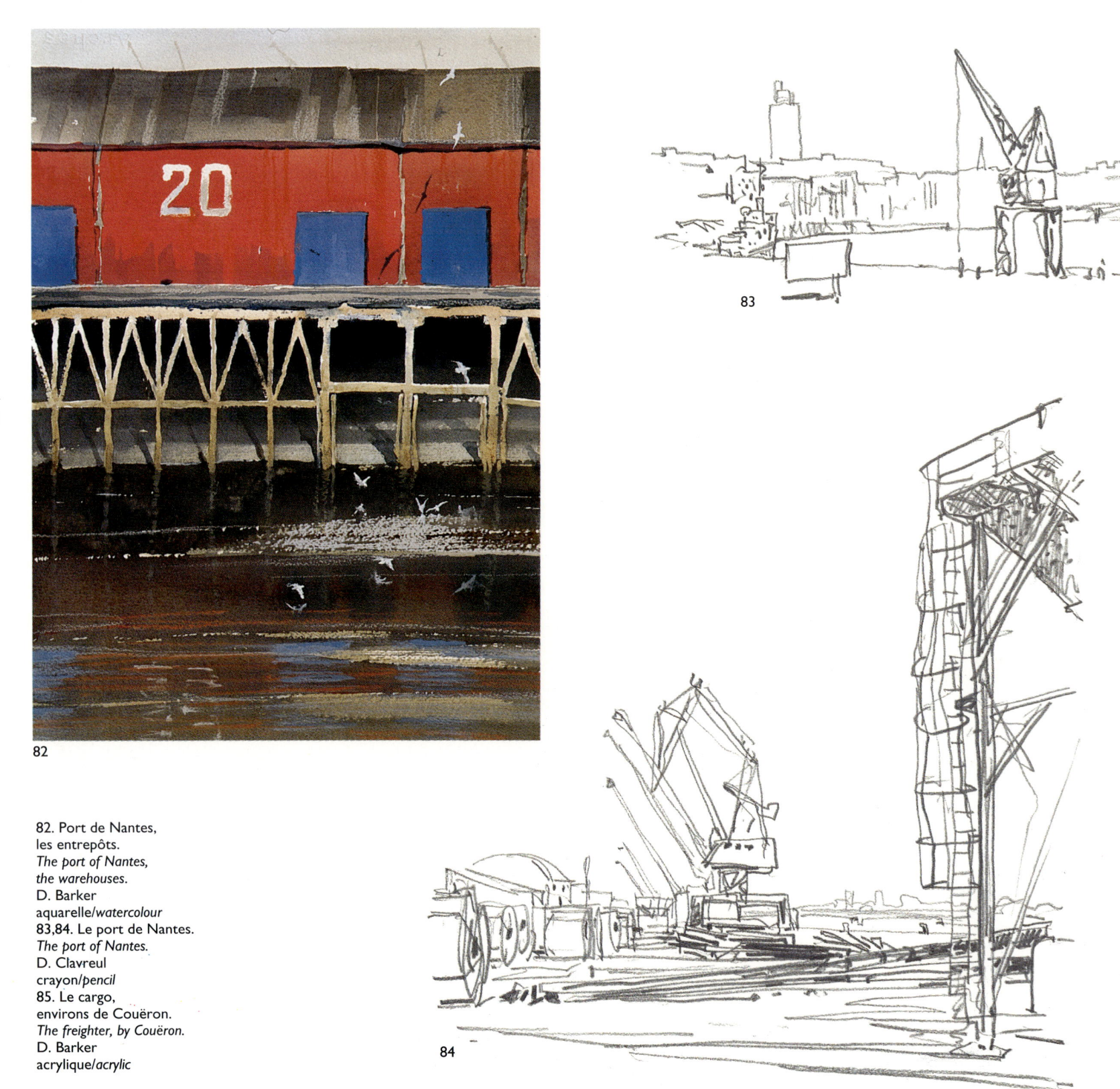

82. Port de Nantes,
les entrepôts.
*The port of Nantes,
the warehouses.*
D. Barker
aquarelle/*watercolour*
83, 84. Le port de Nantes.
The port of Nantes.
D. Clavreul
crayon/*pencil*
85. Le cargo,
environs de Couëron.
The freighter, by Couëron.
D. Barker
acrylique/*acrylic*

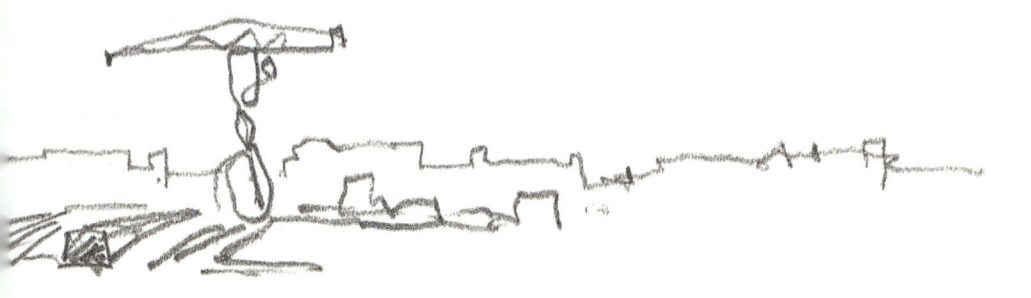

AU PAYS D'AUDUBON
Jean-Jacques Audubon a vécu son enfance ici, près de Couëron, à la fin du XVIIIe siècle, avant de devenir aux États-Unis un peintre naturaliste exceptionnel. Il symbolise aujourd'hui dans le monde entier le combat pour la protection de la nature.

IN AUDUBON COUNTRY
Jean-Jacques Audubon's childhood home was here, near Couëron, in the late 18th century. A talented wildlife artist in his time, today and throughout the world Audubon symbolizes the struggle to protect the environment.

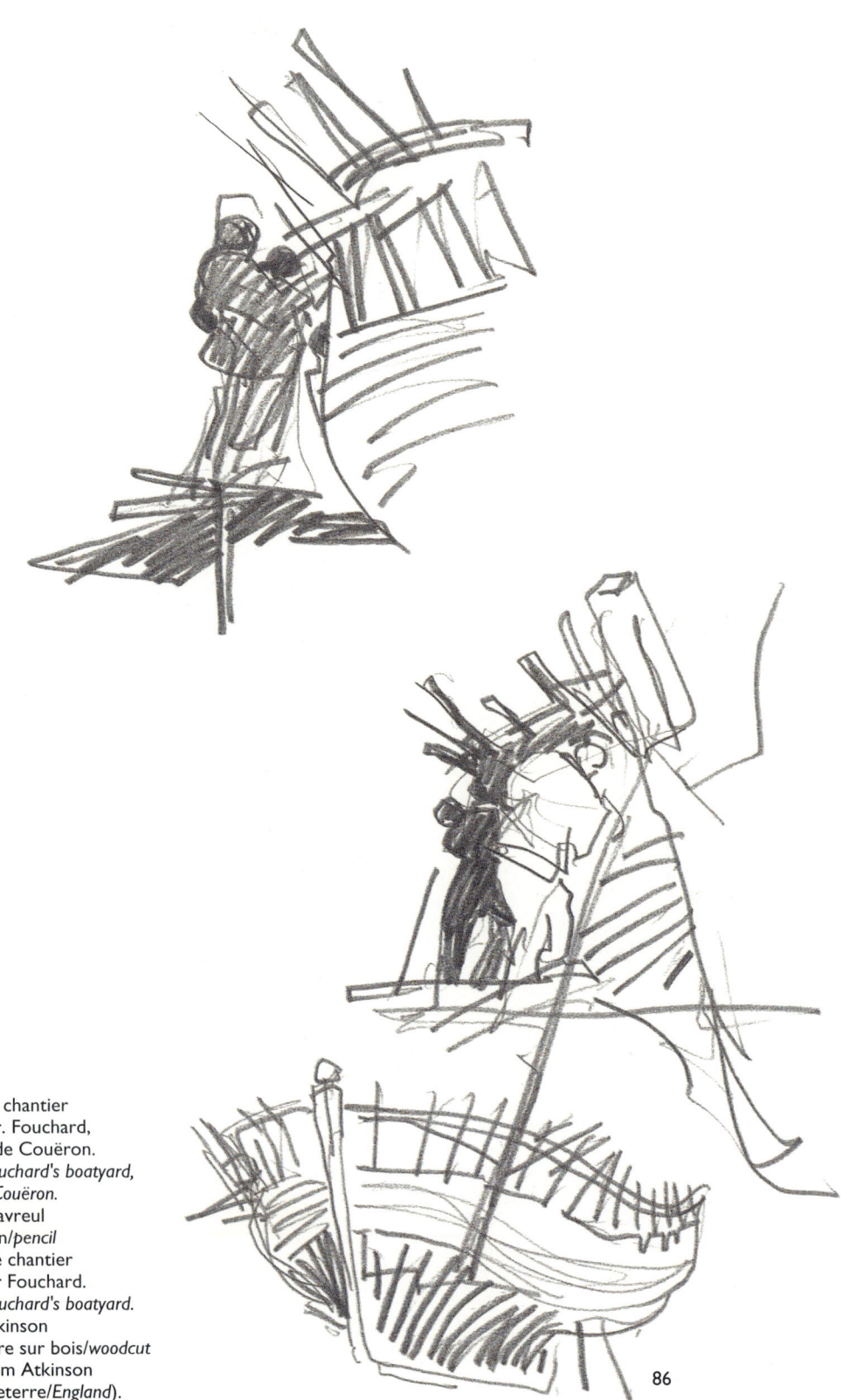

86 Le chantier
de Mr. Fouchard,
près de Couëron.
*Mr Fouchard's boatyard,
near Couëron.*
D. Clavreul
crayon/*pencil*
87. Le chantier
de Mr Fouchard.
Mr Fouchard's boatyard.
K. Atkinson
gravure sur bois/*woodcut*
88. Kim Atkinson
(Angleterre/*England*).
photo C. et B. Desjeux

Je me souviens du bateau de pêche en construction sur le chantier Fouchard, encore à l'état de squelette ; je me souviens des hommes au travail, calmes, façonnant les membrures afin d'ajuster leurs courbes – "au coup d'œil" me semble-t-il – comme des sculpteurs réalisant une pièce gigantesque.

I remember the 30-foot fishing boat, just ribs and the keel, in the Fouchard boatyard, and the men working quietly, planing the ribs to adjust the curvature, seemingly judging mostly by eye like sculptors working on a giant ribbed piece.

K. Atkinson

THE WOOD BOATBUILDERS
NEAR COURSEAUX

89. Lucien Fouchard et ses ouvriers.
Lucien Fouchard and his workers.
D. Barker
pastel/*pastel*
90. Yvon Lecorre (France).
photo C. et B. Desjeux
91. Le chantier Fouchard.
Mr. Fouchard's boatyard.
Y. Lecorre
aquarelle/*watercolour*

LES OISEAUX DE L'ESTUAIRE
THE BIRDS OF THE ESTUARY

Loïc Marion

Docteur ès sciences ; chercheur au Centre National de la Recherche Scientifique.
Ph.D. in science ; Researcher with the National Center of Scientific Research.

Hérons cendrés, râles des genêts, rousserolles effarvattes ou gorges-bleues : plus de 230 espèces d'oiseaux passent ou élisent domicile chaque année dans l'estuaire de la Loire. La directive de la Communauté européenne sur la protection des oiseaux – entrée en vigueur le 6 avril 1981 et qui a force de loi dans chaque État – a permis de dresser, sur la base d'expertises scientifiques rigoureuses, une liste de sites prioritaires, parmi lesquels figure en bonne place l'estuaire de la Loire. Chaque pays de la CEE doit s'engager à préserver efficacement ces habitats naturels, dénommés "Zones de protection spéciale", où le respect de la nature doit primer sur les projets de développement à caractère économique.

La valeur ornithologique de l'estuaire répond à 14 critères de la CEE pour figurer dans le réseau des sites d'importance internationale. Cette richesse s'explique par la juxtaposition de vastes biotopes complémentaires soumis à l'influence bénéfique des marées et de l'alternance des crues et des étiages ; les vasières, les roselières et les prairies inondables sillonnées de canaux constituent un ensemble naturel de 18 000 ha, en incluant les 3 000 ha d'eau libre du fleuve à marée basse.
Si l'on y ajoute les zones humides périphériques, comme la Grande Brière et le lac de Grand-Lieu, le complexe de la Basse-Loire atteint 43 000 ha.

Cette mosaïque exceptionnelle permet aux oiseaux d'utiliser l'espace de façon très diverse en fonction de leurs besoins vitaux ; certaines espèces passent d'un milieu à un autre au cours d'une même journée et sous l'influence de la marée. Parmi ces espèces, 107 nichent régulièrement. Les marais de l'estuaire constituent en période de reproduction la principale zone d'alimentation, après la baie de Bourgneuf, pour la plus grande colonie mondiale de hérons cendrés installée à Grand-Lieu. De même, une partie importante des spatules blanches qui nichent également à Grand-Lieu s'alimente dans l'estuaire ; cet oiseau figure sur la liste rouge mondiale des espèces menacées de disparition.

La valeur internationale de cette région réside également dans son rôle d'étape

92. Tadornes de Belon.
Sheld-ducks.
J. Chevallier
crayon/*pencil*
93. Grèbe huppé.
Great crested Grebe.
D. Daly
aquarelle/*watercolour*
94. Sarcelles d'hiver, avocettes, grands cormorans et goélands.
Teals, Avocets, Cormorants and gulls.
K. Atkinson
monotype/*monoprint*

Grey Herons, Corncrakes, Reed warblers and Blue-throats...Every year, the Loire estuary is a migratory stop or a permanent nesting site for more than 230 bird species. The European Community directive on bird protection which came into force on April 6, 1987, and which is the law of the land in each member state resulted in the listing by priority, on the basis of rigorous scientific evaluations, of ornithological sites. The Loire estuary figures high on the list. Each EU country has to undertake to preserve these natural habitats, called "special protection zones" in which conservation must come before economic develoment.

As the estuary meets 14 of the EU criteria for ornithological value, it figures among the sites of international importance.
This natural wealth is due to the juxtaposition of vast and complimentary biotopes, which benefit from both the rise and fall of the tide and the seasonal rise and fall of the river's waters. The mud banks, reed beds, and water meadows, criss-crossed by a network of canals, form a 44,500 acre natural ensemble, if the 7,400 acres of the river at low tide are included.
If you add in nearby wetlands like the Grande Brière marshes and the lake of Grand-Lieu, the lower Loire complex covers 106,000 acres.

This exceptional mosaic of biotopes allows birds to use the area in very diverse ways, according to their vital needs. Some species even move from one habitat to another according to both the position of the sun in the sky and the rise and fall of the tide. Among the 230 species, 107 nest here regularly.

During the breeding season, the estuary marshes constitute the main feeding zone, after Bourgneuf bay, for the world's largest colony of Grey Herons, located in Grand-Lieu. Similarly, many of the White Spoonbills that nest at Grand-Lieu feed in the estuary. These birds are on the world list of most endangered species.

The international value of this area also lies in its role as a migratory stopping off point and wintering ground. Thus the reed-beds serve as a resting place for tens of thousands of water warblers, notably Reed Warblers from Great Britain. These birds only make one or two stops on their way to Africa. Every winter, the site is home to thousands of ducks and small wading birds

95. Le lac de Grand-Lieu.
The lake of Grand-Lieu.
D. Clavreul
fusain et encre
charcoal and ink
96. Les marais de Lavau.
Marshes near Lavau.
photo J.C. Demaure
97. Mésanges à moustaches.
Bearded tits.
J. Chevallier
pastel/*pastel*

migratoire et d'hivernage. Ainsi, les roselières servent de halte à des dizaines de milliers de fauvettes aquatiques, notamment les rousserolles effarvattes en provenance de Grande-Bretagne, et qui ne semblent se poser qu'une ou deux fois sur leur trajet jusqu'en Afrique.

Ce site accueille en hiver des milliers de canards et de petits échassiers recensés chaque année par l'Office national de la Chasse. L'estuaire demeure un site d'hivernage exceptionnel en Europe pour l'avocette élégante bien que les interventions humaines aient entraîné l'appauvrissement de certaines vasières.

Quelques secteurs essentiels doivent être intégralement et rapidement protégés. Parmi ceux-ci celui de Donges-Est où se trouvent les dernières roselières et l'une des vasières les plus riches pour la faune benthique*. Ce lieu peu fréquenté, sillonné par un réseau de douves et d'étiers, est le dernier grand secteur sauvage de l'estuaire. On y a recensé 112 espèces d'oiseaux, dont 18 rares au niveau européen.

* Faune benthique : faune vivant au fond des eaux marines, fixée sur un substrat solide ou vivant librement sur - et dans - le sable et la vase.

97

that are tracked by the French national hunting office. Although human activity has resulted in the deterioration of some mud-flats, the estuary remains a wintering site for the Avocets.

Certain essential sectors urgently require 100 percent protection. Among them, the East Donges sector, where the last remaining reed fields of the estuary and one of the richest mud-flats for benthal fauna are found.

Moreover, this sector, which is off the beaten track and is traversed by a network of ditches and canals, forms the last big unspoiled sector of the estuary.
One hundred twelve bird species, including 18 that are rare in Europe, have been spotted in it.

*Benthal fauna: fauna that lives on the bottom near the coast, attached to the rocks or living on - or in - the sand and mud.

LE LAC DE GRAND-LIEU
Le lac de Grand-Lieu est un lac de type tropical, de faible profondeur et dominé par la végétation. Grâce à son avifaune prestigieuse, il cumule tous les titres d'inventaires biologiques et des mesures de protection. Il est aujourd'hui menacé par une eutrophisation et un envasement très importants.

THE LAKE OF GRAND-LIEU
The lake of Grand-Lieu, shallow and overgrown with vegetation, is typical in the tropics. It is a one-of-a-kind site in Europe famous for its birdlife, and figures high on the list both for biological diversity and for protective measures. Today it is threatened by entrophication and a high degree of silting up.

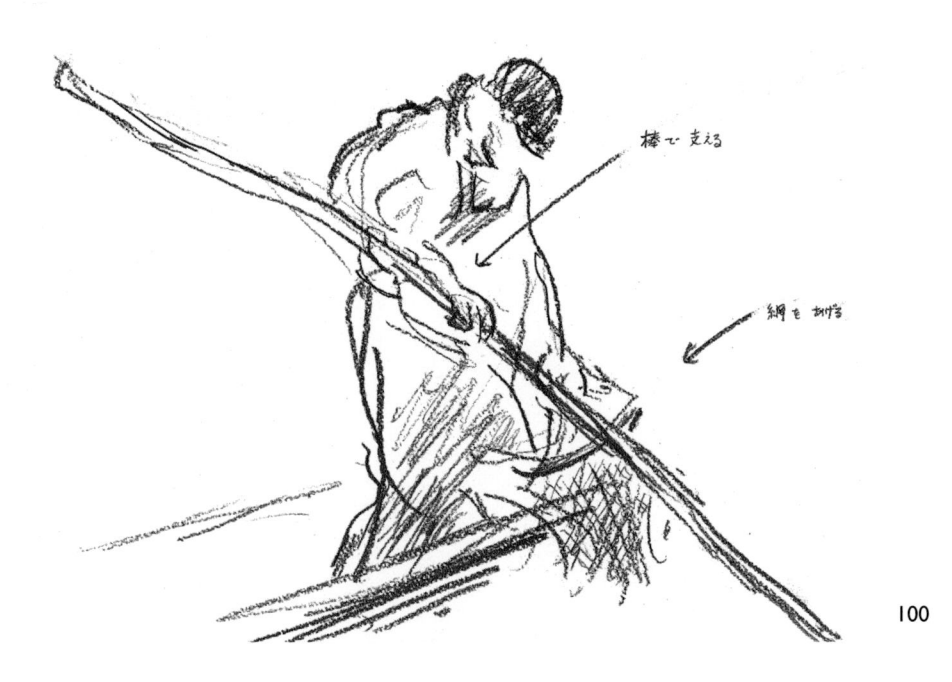

98,99. Grandes aigrettes
en hivernage au
lac de Grand-Lieu.
*Great Egrets wintering at
Grand-Lieu lake.*
D. Clavreul
crayon et aquarelle
pencil and watercolour
100. La pêche à l'anguille.
Eel fishing.
T. Kuwabara
crayon/*pencil*

101

102

Au loin, on aperçoit un groupe de cormorans agités : ils nagent et plongent fébrilement, avalent des poissons ; d'autres arrivent en vol, au ras d'eau. Au-dessus, une nuée de mouettes rieuses criant ; certaines plongent pour saisir les proies. Les poissons sautent hors de l'eau pour tenter d'échapper aux prédateurs...Trois couleurs composent ce tableau d'apocalypse : le bleu de l'eau, le noir des cormorans et le blanc des mouettes.

In the distance, a bustling group of Cormorants are feverishly swimming, diving, and gulping down fish. More arrive on the wing, skimming over the water. Overhead is a cloud of screeching Black-headed Gulls, and some dive down to seize their prey. The fish vainly jump from the water to escape their predators. The apocalyptic scene is composed of three colors : the blue of the water, the black of the Cormorants, and the white of the gulls.

T. Kuwabara

101,102. La pêche des grands cormorans.
Cormorants fishing.
T. Kuwabara
crayon/*pencil*
103. Grenouille verte.
Edible frog.
T. Kuwabara
crayon/*pencil*
104. Le lac de Grand-Lieu.
The lake of Grand-Lieu.
photo P. Boret (Snpn)
105. Grands cormorans et sarcelles d'hiver.
Cormorants and Teals.
T. Kuwabara
bronze/*bronze*

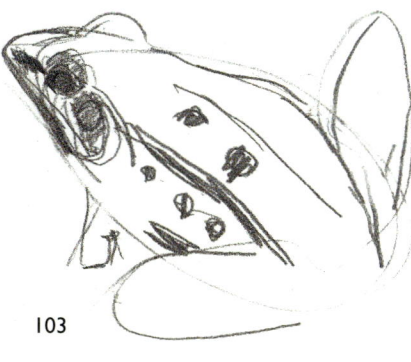

LA RÉSERVE DU MASSEREAU

Le canal maritime de la Basse-Loire – ou canal de la Martinière – entaille les marais de la rive gauche du fleuve sur un peu plus de 15 kilomètres de longueur. Il traverse la réserve de chasse et de faune sauvage du Massereau, lieu d'hivernage pour des milliers de canards. Parmi ceux-ci, la sarcelle d'hiver est l'hôte privilégié, avec plus de 5 000 oiseaux en moyenne chaque hiver, plaçant ainsi le Massereau juste après la Camargue pour cette espèce.

THE LE MASSEREAU RESERVE

The canal for sea-going ships along the lower Loire – known as the de la Martinière canal – cuts through just over nine miles of marsh along the left bank of the river. It crosses the Le Massereau hunting and wildlife reserve, which is a wintering site for thousands of wild duck. Among them, the guest of honor is the teal. On average, more than 5,000 of them flock here each winter, making le Massereau the number two site for this species, just after the Camargue.

106

106. Sur les bords du canal.
Along the canal.
A. Rich
gravure sur bois/*woodcut*
107. Andrea Rich (USA).
photo C. et B. Desjeux
108. Couple de sarcelles d'hiver.
Pair of Teal.
F. Desbordes
crayon/*pencil*
109. Sarcelle d'hiver.
Teal.
M. Sikora
pastel/*pastel*

107

108

73

109

74

110. L'écluse.
The lock.
M. Sikora
détrempe à l'œuf
tempera with eggs
111. Milos Sikora
(République Tchèque
Czech Republic)
photo C. et B. Desjeux
112. Râle d'eau.
Water Rail.
J. Chevallier
pastel/*pastel*

Je m'exprime rarement à propos de l'art et de la peinture en particulier. Pour ce qui concerne mes sujets, je pars toujours du vécu, d'objets concrets. Si je les efface à coups de brosse, ça n'est pas tant pour les camoufler que pour leur rendre leurs qualités picturales d'origine. Mon ami Lubos Martinek a écrit : "Le flou dont Milos se sert n'est pas pour cacher, encore moins pour enjoliver la réalité, mais au contraire pour en dévoiler l'ambiguïté et pour montrer l'unité de toutes choses."

I rarely talk about art, especially about painting. As concerns my subjects, the point of departure is always reality and concrete objects. If I brush-stroke them away, it is not so much to camouflage them as to render their inherent pictorial qualities. My friend Lubos Martinek has written : "The blurriness Milos uses is not meant to conceal, much less to prettify reality. On the contrary, it reveals the ambiguity and demonstrates the unity of things."

M. Sikora

La fondation ANF est une belle idée car la protection de notre environnement nécessite un long et patient travail d'éducation auquel les artistes, par la diversité de leurs sensibilités, peuvent contribuer.

The ANF foundation is a noble idea, because the defense of our environment requires long and patient educational work. Artists, through the diversity of their sensitivities, can contribute to this work.

Z. Yun

118. Paysage
près de Bois-Joubert.
Landscape near Bois-Joubert.
Z. Yun
aquarelle et encre
watercolour and ink
119. Les chalands.
The punts.
D. Barker
acrylique/*acrylic*
120. Zhou Yun
(Chine/*China*)
photo C. et B. Desjeux
121. Près de Bois-Joubert.
Near Bois-Joubert.
Z. Yun
aquarelle et encre
watercolour and ink

122. Le champ
de citrouilles.
The field of pumpkins.
A. Rich
gravure sur bois/*woodcut*
123. Les saules.
The Willow-trees.
A. Rich
gravure sur bois/*woodcut*
124. Ragondin.
Coypu.
A. Rich
gravure sur bois/*woodcut*

Il avait beaucoup plu
et partout où nous allions
je voyais des gens cueillir
des champignons dans
les champs.
Nous séjournions juste
à côté d'une ferme ; deux
fois par jour, la route était
barrée afin de permettre
aux vaches de descendre
à l'étable pour la traite.
Il y avait également
une basse-cour avec des
poules rousses et un merveilleux champ parsemé
d'énormes citrouilles ; aux
USA, nous les appelons
"squash" et les plus grosses
doivent être transportées
avec un tracteur.

*There had been quite a lot
of rain and everywhere
we went I saw people out
collecting mushrooms in
the fields.
We stayed next door to
a dairy farm and twice a day
the road was blocked off
to allow the cows to amble
down to the barn for milking.
The farm also raised red
chickens and had a wonderful
field of enormous pumpkins,
in the States we would call
them "squash", the biggest
of which had to be lifted
by tractor.*

A Rich

83

125. La charette de foin.
The hay cart.
J. Chevallier
aquarelle/*watercolour*
126. Bois-Joubert.
photo Y. Gourraud
127. Jean Chevallier (France).
photo C. et B. Desjeux
128. Taureau nantais.
Nantais bull.
J. Chevallier
monotype, encre
monoprint, ink

125

BOIS-JOUBERT
Situés au bord de la Brière, le manoir et les fermes de Bois-Joubert sont entourés de prairies inondables sillonnées de canaux, de terres cultivées et de bosquets.
Cet écrin de nature constitue un formidable terrain de découverte. La Société pour l'Etude et la Protection de la Nature en Bretagne y a créé un centre d'éducation à l'environnement ; de nombreuses espèces ou races menacées y sont précieusement sauvegardées.

BOIS-JOUBERT
Bordering the Brière marsh, the manor and the farms of Bois-Joubert are surrounded by cultivated land, woods, and water meadows crisscrossed by canals. This bosky bower constitutes a superb site for learning and adventure. The Society for the Study and Protection of Nature in Brittany has set up a center for environmental education here.
Many endangered species and breeds are preserved here.

126

127

85

128

86

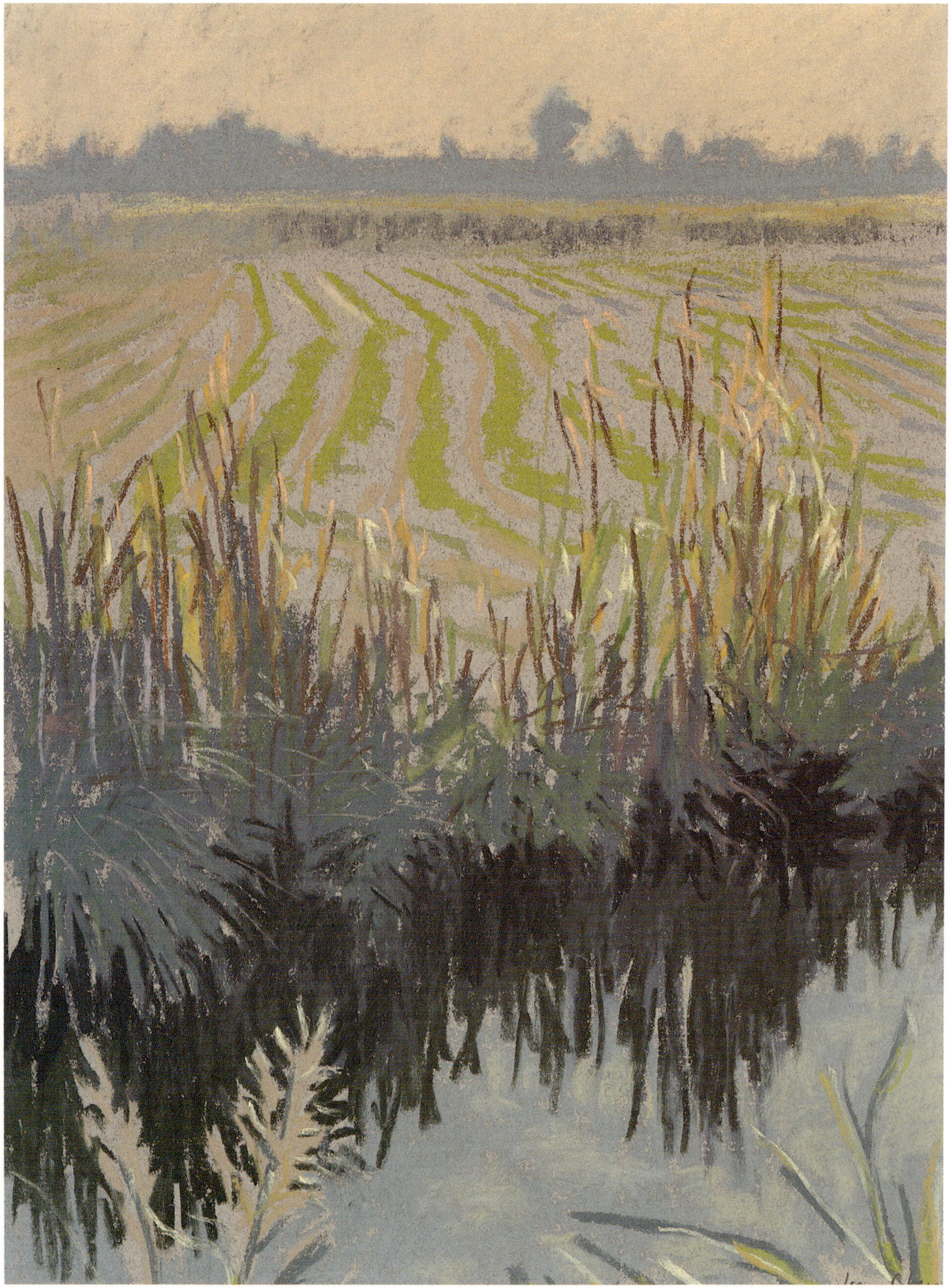

129. Paysage de Brière.
Landscape in the Brière marsh.
J. Chevallier
pastel/*pastel*
130. Canal en Brière.
Canal in the Brière marsh.
Y. Lecorre
aquarelle/*watercolour*
131. Paysage de Brière.
Landscape in the Brière.
photo H. Dugué

87

130

131

132

Posée à la limite des vasières, mais à plus de deux kilomètres du bras principal du fleuve, cette ferme est entourée par un mur de pierres. Peut-être ces étendues étaient-elles régulièrement inondées autrefois. Le joli bétail dans les champs alentour et l'allée de grands arbres montrent que, génération après génération, les propriétaires ont toujours pris grand soin de ces terres. J'aimerais beaucoup voir les jardins et la maison derrière ces murs, il s'en dégage un sentiment d'éternité.

Set on the edge of the tide flats but two miles back from the river's main stream, this house, its buildings and barns, are surrounded by stone walls - perhaps the river once flooded these lands? Fine looking cattle in the surrounding fields and an avenue of large trees testify the house's ancestral owners had intended to farm well here for many years. I would like to see the gardens and rooms within those walls. I like the feeling of permanence they suggest.

D. Barker

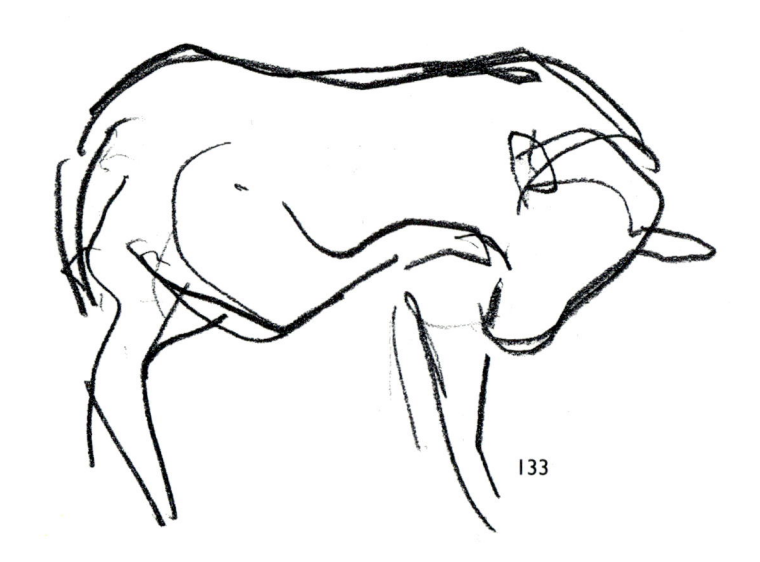

133

132. La ferme
près de l'estuaire.
*The farmhouse
near the estuary.*
D. Barker
aquarelle/*watercolour*
133. Veau se grattant.
Calf scratching itself.
T. Kuwabara
crayon/*pencil*
134. La maison en ruine.
The abandoned house.
Y. Lecorre
crayon et aquarelle
pencil and watercolour

TRÉSORS CACHÉS
HIDDEN TREASURES

Jocelyne Marchand

Maître de conférence ; chercheur au laboratoire de biologie marine, à l'Université de Nantes.
Assistant professor, researcher with the University of Nantes's Marine biology laboratory.

Qui n'a pas été surpris, en parcourant les rives de l'estuaire, par les curieux paysages de vasières et de bancs de sable que découvre la marée ? Qui n'a pas été séduit par les alignements de pêcheries le long du rivage ? L'estuaire offre des paysages changeants, avec le pont de Saint-Nazaire en toile de fond et des lumières qui varient selon l'heure du jour et le moment de la marée.

Le passant peut se demander pourquoi l'homme s'est toujours intéressé à ces milieux de vase fluide peu accueillants vu leur difficulté d'accès à pied. Non seulement la marche y est laborieuse, voire même dangereuse, mais chacun de vos pas, en s'enfonçant, dégage des odeurs peu agréables et vous alourdit en enrobant vos bottes d'une vase noire et collante.

S'il a la curiosité d'examiner cette vase de près, il verra qu'au cours de la marée descendante, sa surface change de couleur pour atteindre un vert intense, révélant ainsi une exceptionnelle richesse en microvégétaux ; la densité des diatomées est si forte qu'elles forment une pellicule facilement repérable. A cette "microflore" s'ajoute une multitude d'animaux enfouis dans la vase où la vie est souvent rendue difficile par une raréfaction de l'oxygène.

A qui sert cette abondante nourriture si peu accessible, si peu visible ?
Aux oiseaux d'abord, qui viennent nombreux, à chaque basse mer, "picorer" la vase pour en extraire les vers, les crustacés et les coquillages qui font leur régal quotidien. Par ailleurs, il faut "sortir" avec un pêcheur et le voir remonter son chalut pour découvrir la diversité des poissons et des crevettes qui utilisent l'estuaire comme "garde-manger", du printemps à l'automne, période de croissance des jeunes.
Vous serez surpris d'apprendre que la crevette grise (le "boucaud"), la sole, le merlan et le bar remontent l'estuaire jusqu'à Cordemais, soit à 25 km de Saint-Nazaire.

Cette richesse ne doit cependant pas masquer la situation de l'estuaire : celui-ci se dégrade en raison des aménagements et de la pollution. En période de canicule estivale, des milliers de

135. Mulets.
Mullets.
D. Clavreul
crayon/*pencil*
136. Pêcheries près du pont de Saint-Nazaire.
Fishermen's huts near the bridge of Saint-Nazaire.
J. Chevallier
pastel/*pastel*
137. Coquillage.
Shell.
M. Sikora
détrempe/*tempera*

Who, walking along the estuary shore, has not been surprised at the strange landscape of mud flats and sand banks that low tide reveals? Who has not been charmed by the row of fisheries along the bank? The estuary affords an ever-changing landscape, with the St. Nazaire bridge as a backdrop and the play of light that varies with the hour of day and the ebb and flow of the tide.

The passer-by may wonder why Man has always been interested in these milieux of liquid mud. They are not exactly welcoming, considering the trouble you have reaching them on foot. Not only is it difficult, and even dangerous, to walk here, but every step releases odors that are anything but pleasant, and adds to your weight, coating your boots with sticky black muck.

If he is curious enough to examine the mud flat more closely, the passer-by will remark that, as the tide goes down, the surface of the mud changes color from black to intense green. This reveals its richness in microplants that cannot be seen with the naked eye, but which are so dense that these diatoms form an easy-to-spot film.
In addition to this microflora, there are a multitude of animals, hidden in the mud. Life for them is often difficult, due to the rarefaction of oxygen. Nothing betrays their presence except tiny orifices which only a trained eye can detect.

And what eats this abundant food, which is so hard to see or get at? Birds, first and foremost, which flock here at low tide to pick out of the muck the worms, crustaceans, and shellfish they feast on every day. Then, go out on the estuary with a fisherman and watch him pull in his trawl net, laden with all the different fish and shrimp that use the estuary as a larder from Spring to Fall, the period when the young are growing up. You will be surprised to learn that shrimp, sole, whiting, and bass swim up the estuary as far as Cordemais, 15 miles from St. Nazaire.

But do not let this wealth blind you to the situation in the estuary, which is worsening due to development and pollution.

In the heat of the summer, the mud flats from Le Pellerin to Nantes are strewn with thousands of dead mullets. Crossing the estuary to reach their salt water spawning grounds is often a fatal trip!

cadavres de mulets jonchent les vasières, du Pellerin à Nantes : la traversée de l'estuaire pour rejoindre leurs frayères marines leur a été fatale !

Ces hécatombes sont dues à la conjonction de trois facteurs : de grandes quantités de vase en suspension (le "bouchon vaseux"), des températures élévées et une pollution organique importante. L'ensemble provoque un déficit en oxygène des eaux de l'estuaire et l'asphyxie de poissons. La mort des mulets n'est que la partie visible d'un phènomène plus ample ; l'écosystème, d'une très grande richesse, peut devenir en quelques semaines un véritable désert biologique, mais il est capable, malgré tout, de se régénérer rapidement.

Les ressources en poissons et crustacés de Loire régressent. Dans ces conditions, pourra-t-on longtemps conserver le monde des pêcheurs estuariens qui trouvent, non sans mal, de quoi faire vivre leur famille ? Il leur reste, comme ils le disent, la crevette grise et la civelle dont la capture demeure lucrative, mais pour combien de temps ?

La préservation de l'estuaire est fondamentale pour les écosystèmes qui lui sont adjacents : les marais qui le bordent, son bassin versant, le golfe de Gascogne. Les poissons migrateurs qui remontent ou descendent le fleuve pour se reproduire sont en effet tributaires des conditions de transit offertes par l'estuaire. Par ailleurs, la présence de vasières nourricières dans les nombreux estuaires et baies du littoral permet l'approvisionnement des stocks de pêche au large des côtes ; les espèces qui utilisent l'estuaire comme zone de croissance (sole, bar, merlan, etc.) ou de transit (anguille, saumon, etc.) représentent plus du quart des valeurs débarquées dans les criées entre Douarnenez et Hendaye.

L'estuaire de la Loire assure de multiples fonctions biologiques ; les zones humides composent des paysages remarquables et les riverains sont très attachés à leur qualité de vie. Compte tenu de son évolution, combien de temps encore cet estuaire survivra-t-il ?

140

138. Busards et mulets morts à Donges-Est.
Harriers and dead Mullets at Donges-Est.
K. Atkinson
monotype/*monoprint*
139. Mulet mort.
Dead Mullet.
T. Kuwabara
bronze/*bronze*
140. Les coquillages.
The shells.
M. Sikora
détrempe à l'œuf
tempera with eggs

The combination of three factors results in the massacre of the mullets: High temperatures, a high level of organic pollution, and a "plug" formed by large amounts of mud. As a result, the oxygen available in the estuary is reduced, and the fish suffocate.

And the dead mullets are only the visible part of a much bigger problem. In a few weeks, an extremely rich ecosystem can be reduced to a veritable biological desert. Luckily, it also regenerates itself quickly.

Right now, fish and crustacean stocks in the Loire are declining. How long will the little world of estuary fishermen be able to survive, given these circumstances? They already have a hard time providing for their families. There are still, as they themselves point out, the shrimp and baby eels, which provide catches that are often highly profitable.

Preserving the estuary is fundamental for the ecosystems bordering it: the nearby marshes, the watershed, and the bay of Biscay.
In point of fact, the migratory fish swimming up and down the river to reproduce are hostages to the conditions in the estuary, like currents and oxygen levels. In addition, the fishing stocks off the French coast are only maintained by the presence of mud flats in the many bays and estuaries that line it; the different species that use the estuary as a nursery (sole, bass, whiting, etc.) or which have to cross it (eels, salmon, etc.) account for more than a quarter of the sales in the fish markets from Douarnenez to Hendaye.

Today, the Loire estuary fulfills a multitude of biological functions. The people who live along it enjoy the quality of life it provides. And the scenic wetlands are there for everyone.
But, considering recent developments, you have to ask: for how long?

94

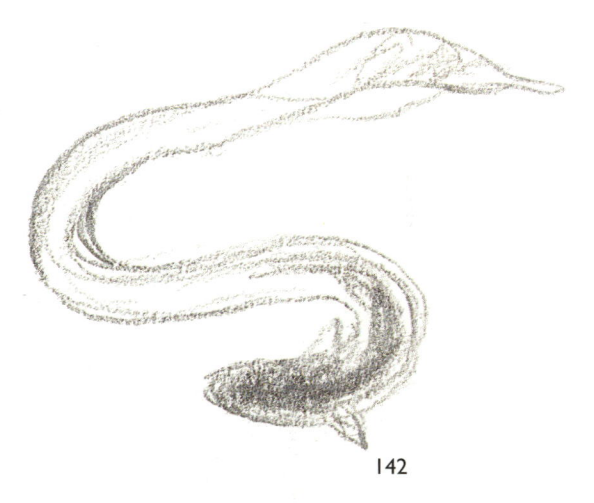

141. Les pêcheries.
The fishermen's huts.
D. Barker
aquarelle/*watercolour*

142. Anguille.
Eel.
D. Clavreul
crayon/*pencil*

96

143. Avocettes et mouettes rieuses près de Paimbœuf.
Avocets and Black-headed Gulls near Paimbœuf.
G. Poole
gouache et encre
gouache and ink
144. Les rives de l'estuaire.
The banks of the estuary.
G. Poole
gouache et encre (détail)
gouache and ink (detail)
145. Traquets motteux près du port de Donges.
Wheatears near the port of Donges.
G. Poole
gouache et encre
gouache and ink

Au-delà du contraste fascinant entre la nature fragile et les bâtiments industriels gigantesques, il y a la réalité d'un port grignotant peu à peu le rivage, affectant même l'écoulement du fleuve avec le creusement d'un chenal emprunté par des navires de plus en plus gros. De quoi détruire le délicat équilibre de l'estuaire, dont dépendent de nombreux poissons et oiseaux.

Though this contrast between raw nature and giant industry is fascinating, the industry is eating up more and more of the shoreline, even changing the flow of the river to make deeper channels to accommodate the tankers. This is mucking up the delicate balance of the feeding grounds for both fish and birds.

G. Poole

144

145

Les gestes sont le plus souvent précis et exécutés avec une grande économie d'énergie, résultat d'une longue expérience. Monsieur Verlaine* ne regarde pas ses mains en travaillant ; il observe ici ou là les ondoiements du fleuve.
Les mains – mouillées comme tout le reste à bord – se contentent d'accomplir leur tâche. Elles évoquent de robustes créatures marines à cinq pattes, qui grattent, écopent, lâchent, tirent ; de merveilleux outils aux fonctions multiples.

Most of the time everything is done with a neatness and economy of effort, the result of long practise. Monsieur Verlaine doesn't look at his hands whilst working but stares off somewhere in the watery middle distance.
The hands seem to just go about their own business, wet, like everything else on board; they're a bit like a tough five legged sea creature, grabbing, scooping, releasing, tugging. Amazingly versatile tools.*

G. Poole

* Monsieur Vilaine en réalité (NDLR)

146. Greg Poole (Angleterre/*England*).
photo C. et B. Desjeux
147. La pêche à l'anguille.
Eel-fishing.
G. Poole
sérigraphie/*silk screen*
148. La pêche à l'anguille.
Eel-fishing.
G. Poole
fusain/*charcoal*

100

149

149. Le phare de Paimbœuf
et le port de Donges.
*The lighthouse of Paimboeuf
and the port of Donges.*
S. De Graaff
eau-forte/*etching*
150. Le marais.
The marsh.
S. De Graaff
aquarelle/*watercolour*

A vrai dire, je ne me sens pas seulement affecté par la survie des espèces animales ou végétales, mais je crains que les êtres humains ne deviennent un jour étrangers dans leur propre monde.
L'homme occupe l'espace à une trop grande échelle sans vraiment contrôler les conséquences de ses actes.

*Actually I am not only concerned about the survival of the vulnerable specimens of flora and fauna, but I am as much afraid that human beings sooner or later may become a kind of "displaced persons" in their own world.
Our problems are due to the fact that our scales and units of measure are not on a human scale, and now we cannot control them.*

S. De Graaff

150

151. L'estuaire de la Loire.
The estuary of the Loire.
S. De Graaff
aquarelle/*watercolour*

103

104

152. Goéland marin
et barges rousses.
*Great black-backed Gull
and Bar-tailed Godwits.*
J. Chevallier
pastel/*pastel*
153. Pluviers argentés.
Grey Plovers.
D. Clavreul
crayon/*pencil*
154. Coucher de soleil près
du port de Saint-Nazaire.
*Sunset near the port
of Saint-Nazaire.*
K. Atkinson
fusain et aquarelle
charcoal and watercolour

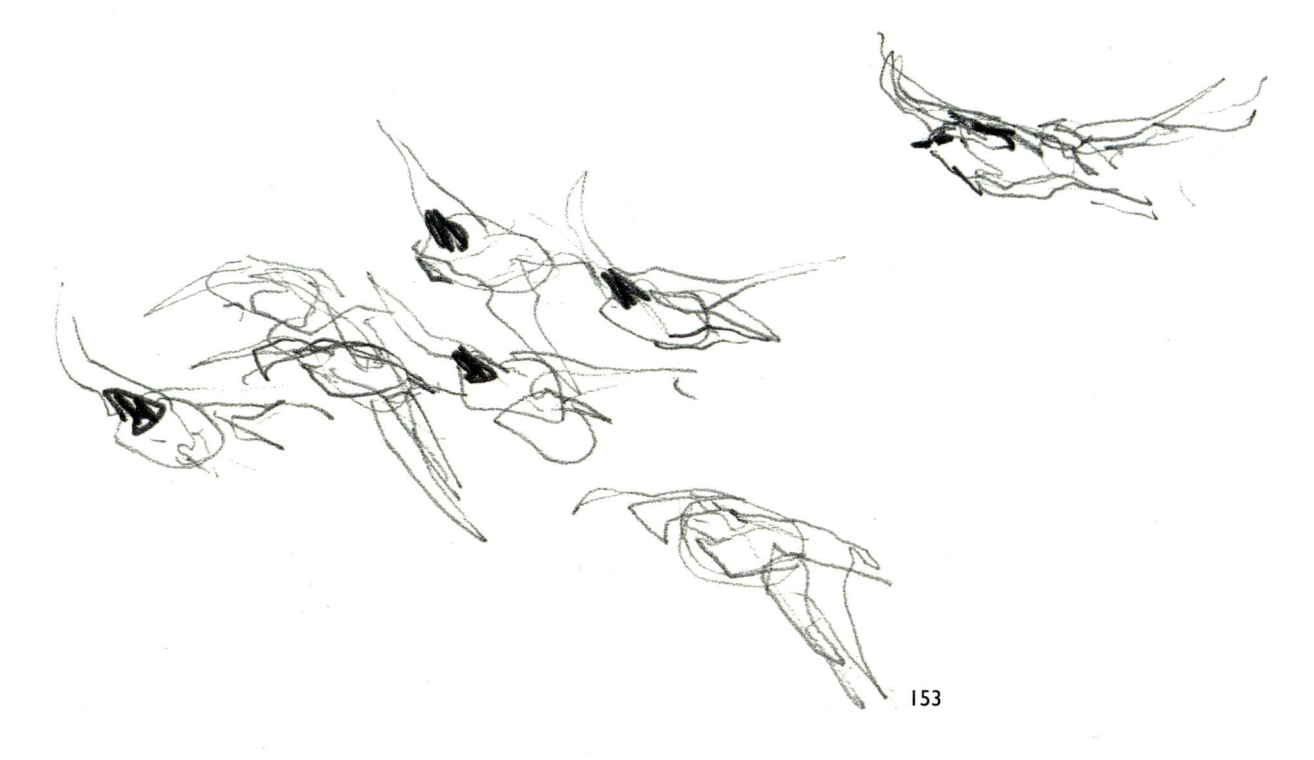

155. Pluviers argentés.
Grey Plovers.
D. Chavigny
encre et aquarelle
ink and watercolour
156. Avocettes et mouettes rieuses près de St-Nazaire.
Avocets and Black-headed Gulls near Saint-Nazaire.
G. Poole
gouache et encre
gouache and ink

107

POUR UNE LOIRE VIVANTE
THAT THE LOIRE MAY LIVE

Christine Jean

Chargée de mission au WWF-France ; coordinatrice du Comité Loire Vivante.
Official representative of WWF-France ; co-ordinator of the "Loire Vivante" Committee.

Philippe de Grissac

Président de la Ligue pour la Protection des Oiseaux de Loire-Atlantique.
President of the League for the Protection of Birds in Loire-Atlantique.

157. Le dragage de l'estuaire.
Dredging the estuary.
D. Clavreul
crayon/*pencil*
158. Le marais près de Donges (détail).
The marsh near Donges (detail).
D. Barker
aquarelle/*watercolour*

Les artistes d'ANF ont considéré que notre combat pour une Loire préservée d'aménagements lourds et irréversibles était une cause juste.
Ils sont venus nous offrir leurs talents et leurs regards. Maintenant c'est la magie de leurs œuvres qui opère. A travers elles, semble se dévoiler une multitude de fleuves.

Les artistes nous renvoient ainsi à nos propres expériences : à chacun ses mots, à chacun ses émotions particulières pour vivre la Loire.

Les mots du philosophe grec Héraclite remontent à la surface : "Tout s'écoule... nous ne pouvons pas descendre deux fois dans le même fleuve".

Que l'art et la philosophie rejoignent une lutte qui se mène à coup d'arguments scientifiques, c'est pour nous une respiration nouvelle. Celle dont on a tant besoin en ces temps où tout se calcule, se mesure, se chiffre.

C'est en 1986 que les projets d'aménagement du bassin de la Loire de l'EPALA ont été confirmés et que la mobilisation pour en dénoncer les abus et les incohérences s'est amorcée. A l'initiative de la Fédération Rhône-Alpes de Protection de la Nature (FRAPNA), le comité "Loire Vivante" est né en 1986 du regroupement des associations ligériennes de France Nature Environnement (FNE) avec le soutien énergique du WWF-Fonds mondial pour la nature.

L'ampleur du mouvement s'est concrétisée deux ans plus tard avec l'opposition au premier des projets de barrages : celui de Serre de la Fare en Haute-Loire. Plusieurs antennes de Loire Vivante, au Puy, à Nevers, à Tours et à Angers se sont constituées montrant ainsi la cohérence de la lutte à l'échelle du bassin de la Loire.

Les moments forts de cette action furent l'occupation du site, le rassemblement européen dans la ville du Puy au printemps 1989, "les marcheurs d'eau" qui descendirent le fleuve de sa source à l'estuaire au cours de l'été qui suivit, le colloque "Vivre avec le fleuve" organisé par Loire Vivante en 1990 sur le thème des inondations.

The artists of the ANF felt that our struggle for a Loire free of large-scale, irreversible development is a just cause. They offered their vision and talent. Now, the magic of their art is at work. It reveals a multitude of rivers.

In this way, the artists make us reflect on our own, personal experiences: to each his words, to each his particular feelings, in order that the Loire may live. The words of the Greek philosopher Heraclitus come to mind :"everything flows, you cannot descend the same river twice".

Each time that we have "encountered" the Loire, it has been different, and for us, too, the encounter has never been made at the same point in our lives.

For us, it is like a breath of life for Art and Philosophy to join in a struggle that is waged with scientific arguments. A breath that is so very necessary, in these times when everything is calculated, measured, and numbered.
"Everything flows", Heraclitus said.

In 1986, EPALA's plans to develop the Loire watershed were approved. People began to mobilize to denounce the abuses and incoherencies. On the initiative of the Fédération Rhône-Alpes de Protection de la Nature (FRAPNA), the "Loire Vivante" committee was founded in 1986, bringing together the France Nature Environnement (FNE.) associations of the Loire watershed, and vigorously supported by WWF-World Wide Fund for Nature.

The movement's strength was consolidated two years later in the struggle against the first of the projected dams : the Serre de la Fare dam in the French department of Haute-Loire.

The fight reached a high point with the occupation of the dam site, an all-European mobilization in Le Puy in the spring of 1989, the march of the "water walkers", who followed the river from its source to the estuary that summer, and the "Living with the River" colloquium organized by Loire Vivante in 1990 around the theme of floods.

The strength of the Loire Vivante committee lay in the diversity of its activists.
They were members of nature conservation associations, scientists, amateur and profes-

LES DRAGAGES
DANS L'ESTUAIRE
Le maintien d'un chenal de navigation dans le lit du fleuve nécessite un entretien permanent et fort coûteux. Les deux méthodes utilisées posent problème pour les milieux naturels :
- Le dragage à "l'américaine", qui consiste en une simple remise en suspension des vases déposées sur le fond et contribue à la dégradation de la qualité de l'eau.
- Le dragage classique, qui nécessite le dépôt à terre des boues prélevées.
Pour les 10 ans à venir, le Port de Nantes - St-Nazaire prévoit de remblayer environ 1 000 ha supplémentaires de zones humides, d'un très grand intérêt écologique.

DREDGING IN THE ESTUARY
Maintaining a navigable channel in the river demands continual and extremely expensive work.
Both of the methods used present problems for the natural environment.
"American-style" dredging consists in simply stirring up the mud that has accumulated on the river bottom. It diminishes water quality.
Classic dredging involves depositing the dredged-up mud on land. In the coming ten years, the Nantes - St. Nazaire Port plans to fill in about 2,500 additional acres of ecologically-important wetlands.

Le Comité Loire Vivante a pris sa force dans la diversité de ses acteurs qui étaient des militants d'associations de protection de la nature, des scientifiques, des pêcheurs amateurs ou professionnels, des riverains, les tenants d'une agriculture moins préjudiciable à l'environnement, ou, tout simplement, des amoureux du fleuve. L'objectif était d'obtenir la mise en œuvre d'une gestion plus respectueuse du fleuve.

Aujourd'hui, il faut se réjouir de l'abandon du projet de barrage de Serre de la Fare au profit d'une solution alternative. La démonstration est ainsi faite qu'il était possible de faire autrement, de manière moins traumatisante pour l'environnement.

D'autres décisions très positives ont été prises en 1994 dans le cadre du plan gouvernemental Loire Grandeur Nature, tel le renforcement du contrôle de l'urbanisation dans les zones soumises au risque d'inondation ou la décision de détruire deux ouvrages hydroélectriques pour permettre aux poissons migrateurs d'accéder à leurs frayères. L'adoption du programme-Life "Loire Nature" – qui vise, sur huit sites de grand intérêt écologique, à préserver un espace de liberté à la Loire et à l'Allier – est une autre décision encourageante.
Loire Nature est mis en œuvre par sept associations, dont le WWF et la LPO, aux côtés de Espaces Naturels de France, de trois Conservatoires et de Nature 43.

"Le temps s'écoule", celui du combat comme celui de la victoire.

D'autres menaces se précisent. Voilà que resurgit le projet d'un barrage inutile à Chambonchard, pourtant abandonné en 1991 ; celui de Naussac 2 est confirmé, celui du Veurdre simplement reporté.
A cela viennent s'ajouter, dans l'estuaire de la Loire, un projet d'extension du port autonome de Nantes - Saint-Nazaire, ainsi qu'un projet de construction d'une centrale nucléaire. Une nouvelle bataille est engagée pour sauver l'estuaire. Elle est le fruit d'une parfaite collaboration interassociative entre la LPO, le WWF dans le cadre de Loire Vivante, la Société d'Étude et de Protection de la Nature en Bretagne (SEPNB), et Estuaire Écologie.
La force de cette union a déjà abouti

159. Le dragage à l'américaine.
"American-style" dredging.
D. Clavreul
crayon/*pencil*

160. Chevaux, faucon crécerelle et raffinerie.
Horses, Kestrel, and refinery.
K. Atkinson
fusain et aquarelle
charcoal and watercolour

sional fishermen, people who lived along the river, supporters of environmentally-friendly farming techniques, and also, quite simply, people who had fallen in love with the river. The objective was to obtain a more respectful form of river management.

Today, we can celebrate because the Serre de la Fare dam project has been abandoned in favor of an alternative solution. Our victory shows that a different policy, one that involves less trauma for the environment, is possible.

*Other, quite positive decisions were taken in 1994 in the framework of the government's Loire Grandeur Nature plan.
They include tightening controls on urbanization in flood risk areas, and the decision to demolish two hydro-electric installations which will make it possible for migratory fish to reach their spawning grounds.
The adoption of the Loire Nature program, which aims at preserving a degree of freedom for the Loire and the Allier at eight highly important ecological sites, is another encouraging decision.*

*The Loire Nature program is implemented by seven associations : WWF, LPO, Espaces Naturels de France, three Conservatories, and Nature 43.
Time flows by, both the time of struggle, and the time of victory.*

But other dangers are looming : the plan to build a useless dam at Chambonchard was revived after having been abandoned in 1991, the Naussac-2 dam project was confirmed, and the Le Veurdre project merely postponed. To which has just been added a project to enlarge the Nantes - St. Nazaire self-governing port, not to mention the plan to build a nuclear power plant.

A new battle is being fought to save the estuary. It is the fruit of perfect interassociative collaboration among the L.P.O., W.W.F. in the framework of Loire Vivante, the Société d'Études et de Protection de la Nature en Bretagne (S.E.P.N.B.), and Estuaire Ecologie. The strength of our union has already resulted in the Council of State annulling the revision of the zoning ordinances, which would have allowed port development in the area.

We have been able to break the omnipotence of a port administration that ruled as undisputed master over the estuary it had appro-

161

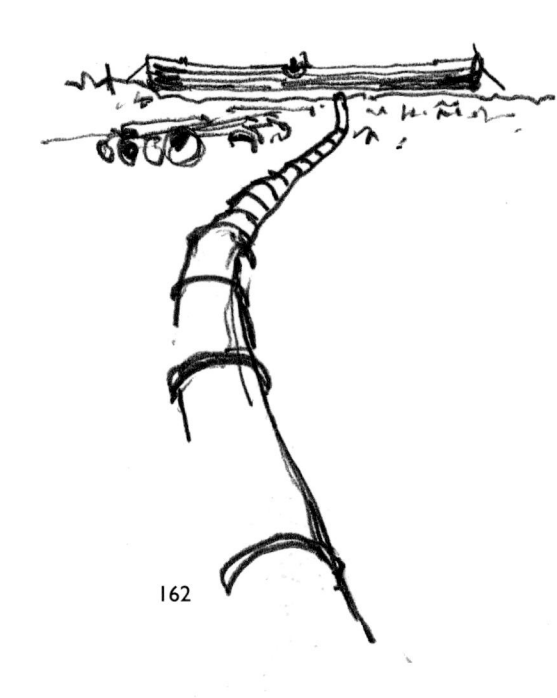

162

à l'annulation par le Conseil d'Etat de la révision du plan d'occupation des sols (POS) qui permettait l'aménagement portuaire sur cette zone. Elle a su briser la toute puissance d'une administration portuaire et permis de susciter un débat sur les objectifs et l'opportunité de cet aménagement.

Depuis dix ans maintenant, des hommes et des femmes, conscients de la marche du monde mais soucieux du respect possible des équilibres naturels, s'opposent à d'autres hommes qui veulent contrôler, calibrer, domestiquer un fleuve.

Toujours il faut se faire entendre et comprendre. Les initiatives ne manquent pas. Parmi elles, ce livre réalisé grâce au travail d'artistes venus des quatre coins du monde, nous laisse espérer que la Loire serait devenue le porte parole des autres fleuves mutilés. Quel plus bel hommage peut-on lui rendre ?

161. Les barges.
The barges.
M. Sikora
détrempe/*tempera*

162. Matériel utilisé pour le déchargement des produits du dragage.
Equipment used to dump dredged-up matter.
D. Clavreul
crayon/*pencil*

163. Les marais de Donges-Est, la drague et la raffinerie.
The marsh of Donges-Est, the dredge and the refinery.
Y. Lecorre
aquarelle/*watercolour*

priated for itself, and it has become possible to discuss the objectives and appropriateness of development.

For ten years now, men and women, aware of progress in the world, but concerned that the balance of nature be respected as much as possible, have been opposing other people who want to control, calibrate, and tame a river.

It is still necessary to make oneself heard and understood. There is no lack of projects. Among them, this book, realized thanks to the work of artists from the four corners of the globe. It permits us to dream that the Loire will become the spokeswoman for other, mutilated rivers.
What better homage could be paid to the Loire?

164. Donges-Est.
Donges-Est.
Y. Lecorre
aquarelle/*watercolour*
165. Donges-Est,
l'ancienne balise et
la centrale électrique
de Cordemais.
*Donges-Est, the old beacon
and the power station of
Cordemais.*
Y. Lecorre
aquarelle/*watercolour*

La Loire à droite — Ancienne marque de chenal à gauche. Donges est — W.C. 26.ix.94

116

166

167

Donges-Est est comme une personne à l'apparence terne, mais qui dévoile peu à peu ses facettes insoupçonnées.
Ce premier jour humide, après deux heures de marche, j'avais déjà repéré et commencé à dessiner les gravelots et bécasseaux. Durant les jours suivants, j'ai appris à observer le peuple de ces champs. Dans le fossé, je trouvais de nombreuses grenouilles vertes. Au crépuscule, le busard Saint-Martin venait chasser au ras des herbes. En se penchant et en étant juste un peu attentif, on découvrait la lépiote élevée, un carabe ou le paon de jour... tandis qu'un crapaud calamite se montrait en fin d'après-midi. Sur les buissons ou dans le ciel, on observait toujours un oiseau : faucon crécerelle, traquet pâtre, héron cendré, épervier ...

Donges-Est is like a drab person, who little by little reveals unsuspected sides of his personality.
On that first damp day, after hiking two hours, I had already spotted and begun to sketch the plovers and sandpipers. In the following days, I learned to observe these animals of the field. In the ditches, I found Edible frogs. At dusk, Hen Harriers hunted, skimming over the grasses. By bending over, or just by paying attention a little, I discovered a Parasol mushroom, a carab beetle, and a Peacock butterfly, while at the end of one afternoon a Natterjack toad appeared. There was always a bird, either in the bushes or in the air: Kestrel, Stonechat, Grey Heron, and Sparrowhawk.

T. Kuwabara

168

29 septembre 99

166. Le marais de Donges-Est.
The Donges-Est marsh.
D. Barker
acrylique/*acrylic*
167. Tsunehiko Kuwabara (Japon/*Japan*).
photo C. et B. Desjeux
168. Deux pluviers.
Two plovers.
J. Chevallier
encre/*ink*
169. Scarabée à corne.
Rhinoceros beetle.
T. Kuwabara
bronze/*bronze*

169

118

119

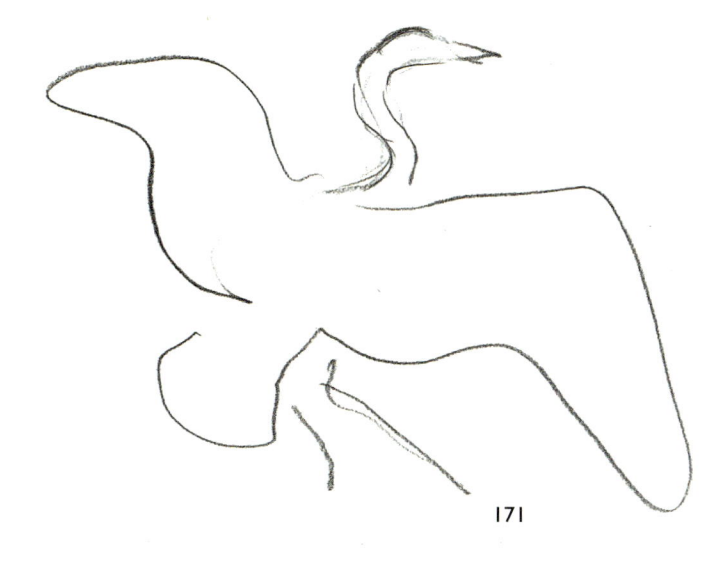

172

171

170. Aigrettes garzettes.
Little Egrets.
Z. Yun
aquarelle et encre
watercolour and ink
171. Héron cendré.
Grey Heron.
T. Kuwabara
crayon/*pencil*
172. Le marais.
The marsh.
Z. De Graaff
aquarelle/*watercolour*
173. Le marais.
The marsh.
Z. Yun
aquarelle et encre
watercolour and ink

173

120

174

175

176

174. Les mouettes.
The gulls.
T. Kuwabara
crayon/*pencil*
175. Mauvais temps
à Donges.
Bad weather in Donges.
Y. Lecorre
aquarelle et gouache
watercolour and gouache
176. Port de Donges ;
remorqueurs amarrés
le long du quai.
*Donges port; tugboats
moored at the quay.*
K. Atkinson
aquarelle et pastel à l'huile
watercolour and oil pastel
177. Mauvais temps
à Donges.
Bad weather in Donges.
D. Clavreul
aquarelle et pastel à l'huile
watercolour and oil pastel

121

122

Malgré la pluie des premiers jours, ou peut-être grâce à elle, j'ai été touchée par l'étrangeté des usines et des quais immenses. Je m'inquiète un peu à l'idée que mes images puissent apparaître comme un hymne à l'industrie portuaire !

Les bateaux ont marqué mon séjour : les gros navires qui faisaient vibrer le pont de Saint-Nazaire lorsqu'ils passaient sous le tablier ; les coques emprisonnées entre les échafaudages, avec les immenses grues suspendues au-dessus des cales sèches.

Despite the rain – or perhaps because of it ! – in the first few days, the novelty of huge wharves and factories was exciting, and I'm a bit worried that my pictures may seem more like a celebration of riverside industry !

Boats were a big feature of the trip : the huge ships which made the pont Saint-Nazaire vibrate when they went beneath its span ; ships enclosed in scaffolding and with huge cranes above their dry-docks.

K. Atkinson

178. Port de Donges ; cargo au déchargement.
Ship unloading in Donges port.
K. Atkinson
monotype/*monoprint*
179. Les grands cormorans.
Cormorants.
K. Atkinson
fusain et aquarelle
charcoal and watercolour

124

125

180. Les chantiers navals à Saint-Nazaire.
The docks at Saint-Nazaire.
K. Atkinson
monotype/*monoprint*

D'abord, il y a l'eau, étale, vert/brun/bleu, là où la rivière rejoint l'océan : majesté ordinaire des estuaires...
Mouvement tranquille, à peine perceptible, ample et profonde respiration. L'eau, entre ciel et terre, trace la différence et fait le lien.

Elle s'étire comme s'étire la peinture au bout du pinceau. En dessous, le glacis bleu/blanc laisse voir les herbes, les cailloux, la terre et tout ce qu'elle cache en plus de vies ! On croit voir s'y baigner d'étranges petits êtres, hommes-poissons, fleurs animales... Ils s'amusent, rient et nous narguent !
Sous la transparence des couleurs l'imagination dessine de drôles de personnages qui n'existent pas forcément !

*In the beginning, there is water, the changing of the tide, green-brown-blue, over there, where the river meets the ocean – the everyday majesty of an estuary ...
Calm movement, scarcely perceptible, a full and deep respiration. The waters, between earth and sky, draw together the elements they sunder.*

*The waters spread out like colors at the tip of a paintbrush. Beneath the blue-white glaze, you can make out the plants, the pebbles, the earth, and all the living things that are hidden there! The joyous mysteries of this apparent calm! You can almost make out strange little beings bathing, tritons and flower-animals ... They play, laugh, and mock us!
In the transparency of the hues, the imagination draws odd characters who do not necessarily exist.*

C. Nivet

181. Cécile Nivet (France).
photo J. Chevallier
182, 183. Les eaux mêlées.
Mixed waters.
C. Nivet
acrylique/*acrylic*
184. Eaux profondes.
Deep waters.
C. Nivet
acrylique/*acrylic*

181

182

183

184

128

185. L'estuaire de la Loire.
The Loire estuary.
C. Nivet
huile sur toile/*oil on canvas*
186. Menace sur Donges-Est.
Donges-Est threatened.
D. Clavreul
pastel à l'huile et gouache
oil pastel and gouache
187. L'estuaire.
The estuary.
M. Sikora
détrempe/*tempera*
188. L'estuaire de la Loire.
The Loire estuary.
photo J.C. Demaure

"La réalité n'est pas dans le visible, elle est en dessous comme la toile est sous la peinture."
Bernard Noël *

Comme la poésie ou la musique, la peinture peut se réfèrer à la matérialité du réel observé par l'œil ; elle trouve les équivalences, les analogies, elle parle de ces correspondances qui nous sont chères... Les formes et les couleurs, comme les sons et les parfums, se mêlent dans l'air du soir.

"Reality is not to be found in the visible world, it is beneath it as the canvas is beneath the painting."
*Bernard Noël ***

Like poetry or music, painting can refer back to the materiality of the real world, observed by the eye; it finds equivalents and analogies, it discourses on those correspondences that are dear to us...
Form and color, like sound and fragrance mingle in the evening air.

C. Nivet

* extrait de/*from*
"Journal du regard"
Editions POL, Paris

186

187

130

PAROLES DE LOIRE
WORDS ON THE LOIRE

Figurez-vous la course sinueuse de cette fille des volcans entre les plateaux de lave qu'elle entaille de gorges profondes, dans un paysage tourmenté de parois granitiques quasi-verticales et de massives tables basaltiques qui s'arrêtent net pour offrir des falaises en forme de prismes.

Imagine the sinuous watercourse of Volcano's daughter, as she cuts deep gorges into the lava tableland, in a tortured landscape of practically vertical granite rock faces and of massive basalt plateaux that end abruptly in prismatic-form cliffs.

Bernard Pierre
Ecrivain, président d'honneur du Club des explorateurs
Writer, honorary President of the Explorers Club

Ma Loire de printemps et d'été, dans ses fleurs.
Ma Loire d'automne, dans ses couleurs.
Ma Loire d'hiver, tumultueuse, quand elle charrie.
Ma Loire, mon amie, tu es la Vie !...

*My Loire of Spring and Summer, fledged in flowers,
My Loire of Fall, clothed in colors,
My Loire of Winter, sweeping tumultuously along,
My Loire, my friend, you are Life*

Lucien Massot
Peintre, ancien pêcheur professionnel
Painter, former Loire river fisherman

Les pêcheurs de Loire sont consternés et amers quand on traite le problème à grand renfort de mots savants qu'ils ne connaissent pas : on les promène d' "eutrophe" en "ichtyofaune", de "benthos" en "chironomidés", de "cyclostomes" en "limnophile" sans jamais oser dire ce qu'il serait pourtant simple d'avouer : la Loire est une merveille de la création qui a traversé les millénaires presque intacte et la responsabilité est immense de la génération qui va la détruire.

The fishermen of the Loire become dismayed and bitter when its problems are discussed in a lot of scientific terms that they do not understand. "Eutrophic" and "ichthyofauna" are batted about, "benthos" and " Chironomidae ", "Cyclostomi" and "limnophile" are thrown about, without anyone ever daring to say something that would be so simple to admit : the Loire is a marvel of Creation, which has survived, practically unchanged, for thousands of years, and great will be the responsibility of the generation that is going to destroy it.

Jean Grimaud
Pêcheur à la truite passionné, ancien journaliste
Keen trout fisherman, former journalist

189

Je n'aime rien d'autre que la Loire à pied. Celle que l'on rencontre quand on passe les levées du côté de Herry, Saint-Bouize, Pouilly. Quand la saison se fait complice, du côté des ponts de la Charité, un œil attentif suivra le vol de l'aigle pêcheur.
Marchez sur les grèves... Arrêtez-vous à l'heure tombante. Vous verrez ici, sur les pentes des collines de Sancerre, vers le Val, des lumières chaudes de midi. Ce sont Loire et Allier du Berry. Un parfum de Sud quand la lumière du ciel et celle de l'eau se mêlent.

I love nothing but the Loire on foot. The Loire you discover walking along the levees near Herry, Saint Bouize, and Pouilly. If the season favors you, by the bridges of La Charité your perspicaceous eye will follow the flight of the Osprey.
Walk along the banks ... Stop at dusk. Here on the sloping Sancerre hillside, looking towards the Valley, you will see the warm Southern lights. They are the Loire and the Allier of Berry. A whiff of the South when the light of the sky and the light of the water mingle.

Bernard Stephan
Journaliste/*Journalist*

Que tu sois grande nef ou frêle esquif
Le balancement harmonieux de ta mâture,
Les craquements des boiseries et des armatures
M'invitent au voyage et me rendent pensif.

Mais rarement j'ai besoin d'un bateau
pour traverser le monde
Car souvent dans ma tête je pars en voyage
Et survole d'une aile légère l'immensité de l'onde.

Be you a great ship or but a frail skiff,
The harmonic sway of rigging and mast,
The soft creak and groan of bulwarks and hull
Tempt me to travel and make me to dream.

Yet seldom I ship to wander the world;
For often I voyage far in my mind,
Skimming light-winged o'er the measureless wave.

Patrick Ruelle
Constructeur amateur de bateaux de Loire,
ancien pêcheur professionnel
Builder of Loire riverboats, former professional fisherman

Combien de clins d'œil complices, de petits matins dans la brume ? A chaque évocation, chaque rencontre : un frisson, une résonance, une émotion devant cette "eau qui coule sans cesse et pourtant est toujours là". Nous avons souvent croisé la Loire, observant de la berge les jeux du soleil et de l'eau, avant de l'accompagner dans une désormais fameuse descente en futreau de Roanne à Nantes, retrouvant la voie royale des mariniers, "vilains sur terre, seigneurs sur l'eau".
Si l'on pouvait établir des courbes de poésie, comme le font les géographes pour les reliefs, c'est sûrement sur la Loire que l'intensité serait la plus forte, nous expliquait Maurice Génevoix.

How many conspiratorial winks, how many early mornings in the mist? With the evocation of each scene and memory, with each meeting, comes a shiver, a resonance, a gut reaction to "this water flowing incessantly away and yet always present". Oft have we met with the Loire and observed, from the bank, the sun and water at play, before accompanying the river on a now-famous descent by futreau from Roanne to Nantes, retracing the royal road of those sailors who were "serfs on land, lords on the water".
If the contours of poetry could be established, the way geographers do for reliefs, the greatest intensity would be reached on the Loire, Maurice Gènevoix explained to us.

Bernard Desjeux
Photographe, éditeur/*Photographer, publisher*

L'eau pour moi est une magie, on a toujours envie de savoir ce qu'il y a dessous et dedans. La Loire est le coin où je vais chaque année en bateau pour aller dire un petit bonjour aux martin-pêcheurs.
Depuis que je les ai filmés en 1988, je vérifie s'ils sont toujours aux mêmes endroits, où ils en sont dans leur nidification ; l'instant magique est de se laisser aller sur l'eau au petit jour, entre les premiers rayons du soleil et la brume naissante, en écoutant la douceur de l'eau contre la barque.

For me, water is something magical. One always wants to know what is in it, beneath the surface. The Loire is a spot that I go to by boat every year to say hello to the kingfishers. Ever since I filmed them in 1988, I have checked to see if they are still in the same place, and to see how their nest-building is coming along. The moment of magic comes in the early morning, drifting along amid the first shafts of sunlight and the rising mist, listening to the soft lap-lapping of water against the boat.

Laurent Charbonnier
Cinéaste animalier/*Wildlife film-maker*

Que d'amont survienne l'écume
 préludant aux crues
Que seuls demeurent des poings noirs
 dressés sur la plaine inondée
sous l'impassible et liquide
 silence de la nappe
La chape du sable attend que l'été
 fige son cours au découvert des grèves
Plus haut vers les coteaux
 des bois tourmentés concoctent
 de quoi absoudre la sévérité
 des vignes

Let the foam suddenly appear from upstream
 a prelude to flooding
Let only black fists remain
 uplifted over the flooded plain
Beneath the impassive and liquid
 silence of that sheet of water
The screed of sand waits for the summer
 to fix the watercourse amid the bared beaches
Higher up towards the hills
 the tormented woods concoct
 something to absolve the severity
 of the vine.

Guy Hivert

Ce fleuve presque mythique fait le bonheur des biologistes, des poètes et des artistes. Depuis toujours, ils y puisent leur inspiration. L'histoire se mire dans ses méandres ; une civilisation raffinée s'est épanouie sur ses rives ; la joie de vivre éclate sous des cieux cléments.
La Loire, un des rares fleuves encore indomptés à travers l'Europe, doit rester une suite de lieux magiques. Car l'humanisme y fleurit en pleine harmonie avec la splendeur des paysages, ceux que les hommes ont modelés de siècle en siècle tout en les respectant.

This almost mythic river brings joy to biologists, poets, and artists. For ages it has been their inspiration. History is mirrored in its meanders, a sophisticated civilisation has blossomed along its banks, and the joy of living bursts forth beneath the clement skies. The Loire, one of the rare yet-untamed rivers of Europe, must remain a succession of magic places. For humanism flowers here, in perfect harmony with the splendor of the varied landscapes which men have respectfully modeled over the centuries.

Jean Dorst
Membre de l'Institut, ancien directeur
du Museum National d'Histoire Naturelle de Paris
Member of the Institute, former director of the National
Museum of Natural History, Paris

Rives de Loire
sont beau terroir
et pays du bon boire

Sont jardins de France
aux suaves fragrances
et douces ambiances

Sont lieux ainsi appelés
dans "Pantagruel" par Rabelais
"je suis né et été nourri jeune
au jardin de France : c'est Touraine"

Sont lieux encore rappelés
par Joachim du Bellay
"plus mon petit Lyré que le mont Palatin
et plus que l'air marin la douceur angevine"

Along the banks of the Loire
The soil is rich
and the drinking is fine.

This is the garden of France
with its suave fragrances
and gentle ambiance.

This is a place mentioned
in Rabelais's "Pantagruel".
"I was born and bred
in the Garden of France, Touraine."

This is a place recalled in these terms
by Joachim de Bellay :
"I prefer my little Lyré to the Palatine Hill,
and the soft air of Anjou to the tang of the sea."

Edgar Morin
Sociologue, écrivain/*Sociologist, writer*

Hommes et fleuves ont-ils réellement des vies semblables ?
Ou bien est-ce l'homme qui projette le cours de sa vie sur ce support liquide ?
Comme nous, le fleuve naît.
En breton, l'un des noms de la source est "mammen" dans lequel on retrouve "mamm", maman.
L'aspect des fleuves change avec l'âge, comme celui des hommes : jeunesse fougueuses et vallée droite, vieillesse lente et courbée dans les méandres.
Parce qu'il reflète le ciel, le fleuve emporte l'homme dans le spirituel.
Parce qu'il a une autre rive, le fleuve nous unit à l'au-delà.
Comme nous le fleuve meurt.
Mais sa fin n'en est pas une. C'est un retour dans l'océan d'où vient l'eau du ciel qui alimente ses sources.

Do men and rivers really live similar lives ? Or is it Man who projects the times of his life onto the liquid medium ?
Like us, a river is born.
In the Breton language, one of the words for source is "mammen", which contains the word "mamm", mommy.
A river's appearance changes with age like a man's : turbulent youth and straight valley ; slow, crook-backed old age in the meanders.
Because it reflects the sky, a river lifts man up to the spiritual realm.
Because it has an other side, a river unites us with the world beyond.
Like us, a river dies.
But its end is not an end. It is a return to the ocean, from which comes the rain that feeds the river's sources.

Gilles Servat
Chanteur-compositeur, écrivain
Singer and composer, writer

La Loire vous fait historien, géographe, hydraulicien, naturaliste, zoologue, paysagiste, poète. Et polémiste pour faire barrage à l'aménageur-bétonneur briseur de rêve et de liberté.
La Loire nous ramène toujours aux sources... de la vie.

The Loire will turn you into a historian, a geographer, a hydrologist, a naturalist, a zoologist, a landscape painter, and a poet. And a polemicist, to block the developer-pourer of concrete-breaker of dreams and of freedom.
The Loire always takes you back to the sources... of life.

Alexis Boddaert
Journaliste/*Journalist*

Soie de nos jours
une fois de plus une fois encore
aux coutures du temps
    la Loire découvre ses chevilles
    et les remous du ciel accrochent aux sables
    des cocardes de lin
L'eau retrouve ses berges
Les épis percent
    Toison blanc manteau
    blanc troupeau
    Les vignes nues ont subi la gelée
    Le vent a fait le grand ménage
Terre plate le fleuve file vers son abîme doux
    Lenteur d'un soir violet et mauve et rose
A ses vitres perchées Champtoceaux
hisse ses girandoles de soleils en goguette

Joy of our days
Once again once more
Along the seams of time
    The Loire bares her ankles
    And the eddies in the sky
    Hang rosettes of linen
Upon the sands
The water climbs back to its banks
    The corn is in the ear
    Fleece white mantle
    White flock
    The naked grapevines have endured the frost
The winds have done their spring cleaning
Level land the river races along
Towards its soft abyss
    Slowness of a mauve and purple and pink evening
On its high-perched panes, Champtoceaux
Raises girandoles
Of suns on a spree

Yves Cosson
Poète/*Poet*

A la Loire aux douceurs angevines je préfère le flot tumultueux qui bouscule les obstacles pour gagner la mer, à l'image du saumon faisant chemin inverse à force de muscles. Quant à ses épanchements, ses lassitudes estuariennes où grouillent des myriades de vies, elles sont la richesse de la Terre, même si nombre de nos concitoyens n'y voient que sites à remblayer...

To the gentled Loire of Anjou I prefer the tumultuous stream that bowls over obstacles to reach the sea, like a salmon working its way upstream on sheer muscle power.
As for the Loire's effusions, its estuarial languor teeming with myriad lives – it is the richness of the earth itself, even if many of our fellow-citizens see it only as a site to be filled in and paved over.

Jean-Pierre Raffin
Président d'honneur de
France-Nature-Environnement;
ancien Député européen
Honorary President of France-Nature-Environnement;
former European Union deputy

Héron en miroir jumelé
  sur l'œil de la Loire

Lumière première sur le fleuve immobile
  gris miroitant peupliers saules

Héron rivé au sable
  soudain jaillit la flèche de son cou

Corps d'oiseau
  heureux outil vivant

Mirror twinned heron
  on the eye of the Loire

Primordial light on the motionless river
  gray shimmering poplars willows

Heron moored to the sand
  Suddenly darts the arrow of its neck

Bird's body
  happy the living tool

Guillemette de Grissac

Lettre écrite sur les bords de la Loire un matin d'avril
à ceux qui ont le pouvoir de détruire cette rivière
comme d'autres lieux de la terre.

Messieurs,
il ne s'agit, au fond, ni d'Art, ni de bons sentiments.
Il s'agit de monde où vivre.
Il s'agit de la base sans laquelle le mot "culture" ne veut
rien dire et sans laquelle la politique mène, à plus ou
moins long terme, aux bunkers.

Regardez ce héron bleu
qui vole là-bas
au dessus des roselières !

*Letter written on the banks of the Loire
a morning in April to those who have the power to destroy
this river like other places on the earth*

*Dear Sirs,
Fundamentally, it is a question neither
of fine sentiments, nor of art. What matters is a livable
world. What matters is the basis, the ground without which
culture means nothing, without which politics lead, sooner or
later, to blind bunkers.*

*Watch that heron there
flying over the reeds
in the bright morning air !*

Géopoétiquement vôtre,
Geopoetically yours.

Kenneth White
Ecrivain et poète/*Writer and poet*

Depuis la Haute-Loire, elle se dirige vers l'Atlantique.
Tout au long de son parcours et par tous les chemins
elle devient ce confluent de populations diverses.
Au-delà de ses deux rives, des milliers de pistes partent
vers le monde. De la source à l'embouchure, à pied,
en bateau, en train, en avion partent et arrivent ces
hommes et ces femmes pour porter leurs idées,
leurs émotions et leurs amours.

*From the department of the Haute-Loire, she flows down to
the Atlantic. All along the way, and by every road and by-way,
she becomes the tributary of varied populations.
From either bank, thousands of routes lead to every corner
of the world. From her source to her mouth, on foot, by boat,
by train, and by plane, men and women come and go,
bringing with them their ideas, sensations, and love.*

Augustin Barbara
Sociologue/*Sociologist*

193

L'estuaire de la Loire est à la fois un milieu naturel très
riche et une source d'inspiration inépuisable pour les
artistes.
Jeu des lumières et des marées ; vasières, dont l'équilibre
écologique soumis à d'intenses activités humaines
semble si fragile. Ce site est aussi une halte essentielle
pour les oiseaux migrateurs.
Ce fut une véritable découverte pour moi, mais aussi
pour les artistes qui sont venus, ont aimé ce lieu et ont
voulu agir pour qu'il soit préservé.
J'espère que ce livre contribuera au débat engagé pour la
sauvegarde de l'estuaire et que les choix politiques à
venir parviendront à concilier le développement économique et la sauvegarde d'un écosystème exceptionnel.

*The Loire estuary is an area with an atmosphere between
Nature and Art, as we can see through the eyes of fine
artists in this book.
The shifting light, the tide ; the mudflats still are in
a remarkably fragile balance with the intense human
activity on the shores and on the water.
An essential stopover for migrating birds from north to south
and vice versa.
An eye-opener for me and for those who have been there,
love it, and want to preserve it.
May this book help to influence political decision-makers in a
positive way so that a sustainable development of this unique
area "The living Loire" is guaranteed.*

Ysbrand Brouwers
Directeur de ANF
Director of the Artists for Nature Foundation

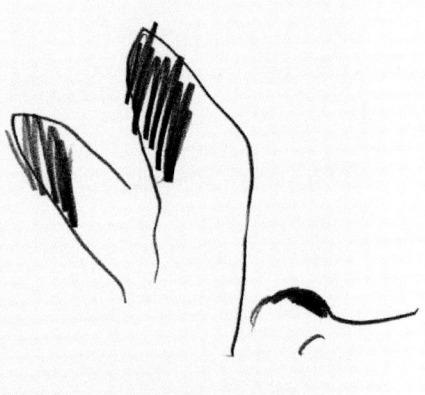

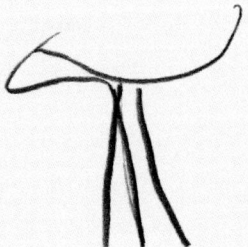

194

La Loire nantaise est aujourd'hui un fleuve de douleur, la rivière de l'oubli. Cette Loire mérite un sursaut si nous voulons la faire revivre, lui trouver de nouvelles fonctions. Mais les choix d'aménagement attendus devront être largement débattus, partagés, soutenus et solidaires de l'amont et de l'aval.
Alors la Loire pourra redevenir ce fleuve-plaisir tant attendu et non plus seulement un mythe chéri à l'excès, mais inaccessible.

Today, the Loire is a river of sorrow, a river of neglect. The Loire deserves a burst of energy from us, to make it live again, to find new uses for it. But the development choices before us will have to be widely-discussed, shared, supported, and concensual, up and down the river. Then the Loire can become, one more, the eagerly-awaited river of pleasure, and no longer just an over-cherished but inaccessible myth.

Jean-Claude Demaure
Adjoint au Maire de Nantes, à l'écologie urbaine et au développement durable
Deputy mayor of Nantes responsible for urban ecology and renewable development

De mon appartement, la vue plonge sur le bras de la Madeleine, arpenté à ce moment de l'hiver par la noria nocturne des civeliers. Témoin forcé de cette traque, j' invite à relire la Prose de l'Observatoire de Julio Cortazar : oui, mouvement cosmique, mystérieuses migrations des anguilles, rythme des saisons, jeu des marées dans l'estuaire, eau tantôt douce et tantôt salée, le monde est une grande horloge. Veillons à ce qu'elle ne se dérègle pas.

My apartment looks down on the Madeleine branch of the Loire, criss-crossed at this time of winter by the nocturnal fleet of eel-boats. Unwilling witness to the hunt, I invite you to reread Julio Cortazar's "Prose de l'Observatoire" : yes, cosmic movement, mysterious eel migrations, rhythm of the seasons, tidal mechanism in the estuary, now freshwater, now salt, the world is a big timepiece. Let's see to it that it keeps good time.

Jacques Boislève

137

Heures fugitives où les prés de l'estuaire, à perte de vue, sont submergés : par grande marée et vent d'ouest, d'inoubliables spectacles s'offrent de temps en temps. C'est alors qu'on réalise combien l'originalité de la végétation est tributaire des apports du fleuve ; même si l'homme, par ses travaux, induit parfois quelques dérèglements.

Fleeting hours when, as far as the eye can see, the estuary meadows are submerged — a spring tide and a westerly wind create unforgettable sights from time to time. That is when you realize that the unique vegetation here depends on what the river brings, even if Man, through his labours, sometimes upsets things a little.

Pierre Dupont
Professeur honoraire d'Ecologie végétale à l'Université de Nantes
Honorary professor of plant ecology, University of Nantes

195

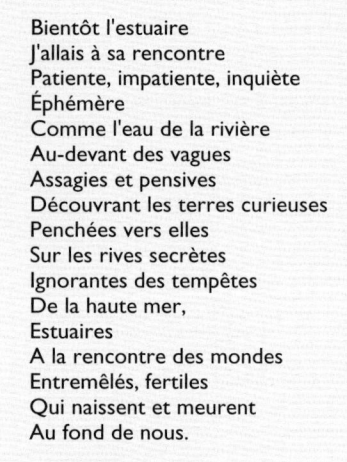

Bientôt l'estuaire
J'allais à sa rencontre
Patiente, impatiente, inquiète
Éphémère
Comme l'eau de la rivière
Au-devant des vagues
Assagies et pensives
Découvrant les terres curieuses
Penchées vers elles
Sur les rives secrètes
Ignorantes des tempêtes
De la haute mer,
Estuaires
A la rencontre des mondes
Entremêlés, fertiles
Qui naissent et meurent
Au fond de nous.

Soon the estuary
I was going to meet it
patient, impatient, anxious
ephemeral
like the water of the river
preceding the waves
subdued and thoughtful
having a look at curious lands
bent towards them
on the secret beaches
innocent of the tempests
on the high seas
Estuaries
where worlds meet
mixed, fertile
are born and die
in our hearts.

Marie-Lise Jory
Ecologue, éditrice et poète/*Ecologist, publisher and poet*

Ce matin d'octobre, le vent d'Est fait bruisser les roseaux. A cette époque, il est synonyme de migrations pour les bécassines des marais. Elles arrivent des Pays baltes ou de Scandinavie. Une petite bande tourne sur le marais, cherchant un lieu idéal pour se reposer, et surtout pour se nourrir. Après quelques ronds dans le ciel, la petite troupe plonge parmi les pattes des vaches nantaises, toutes occupées à se délecter des pousses de glycérie et de laiches.

On this October morning, the reeds clatter in the East wind. For the Snipe, this is the season for migration. They come from the Baltic countries or Scandinavia. A little flock wheels over the marsh, searching for the ideal spot to rest, and especially to eat. After tracing a few circles in the sky, the little troop dives down among the hooves of a group of Nantais cattle, which are completely absorbed in feasting on shoots of wisteria and sedge

Gilles Leray
Technicien à l'Office national de la chasse
Technical worker at the National office of professionnal hunting

Un jour on sera consterné par la pauvreté de notre vision du monde.
Voir en chaque arbre une dryade, en chaque source une naïade, en chaque fleuve un Dieu, c'est moins faux que d'y voir un amas de particules agencées par le hasard et la nécéssité, mues par une force qui n'est qu'un nom et que le progrès de l'analyse réduira en particules mues par une force aussi inconnue, à l'infini.

One day we will be dismayed at the poverty of our vision of the world. To see in each tree a wood nymph, in each source a water nymph, and in each river a god is not so erroneous as to see in them a quantity of particles brought together by chance and moved by a force that is only a name, and which analytical progress will reduce to particles moved by a force that is every bit as unknown, and so on, infinitely.

Robert Hainard *
Artiste, philosophe/*Artist, philosopher*

198

189. Les gorges de la Loire.
The gorges of the Loire.
D. Clavreul
fusain/*charcoal*
190. La traversée du fleuve.
Crossing the river.
J. Chevallier
crayon/*pencil*
191. Couple
de sternes naines.
Pair of Little Tern.
F. Desbordes
crayon/*pencil*
192. Ruelle à
Candes-Saint-Martin.
*Little street in
Candes-Saint-Martin.*
D. Clavreul
crayon/*pencil*
193. Pêcherie le long
de l'estuaire.
*Fisherman hut along
the estuary.*
J. Chevallier
pastel/*pastel*
194. Avocette élégante.
Avocet.
T. Kuwabara
crayon/*pencil*
195. Angélique des
estuaires.
Wild angelica.
D. Clavreul
crayon/*pencil*
196. Busard Saint-Martin.
Hen Harrier.
T. Kuwabara
crayon/*pencil*
197. Coléoptère.
Beetle.
T. Kuwabara
crayon/*pencil*
198. Bruant proyer.
Corn Bunting.
D. Daly
crayon/*pencil*

* extrait de/*from*
"Quand le Rhône
coulait libre"
Tribune Éditions, Genève

PRÉSENTATION DES ARTISTES
ABOUT THE ARTISTS

Kim Atkinson (Angleterre/*England*)

Née en 1964. Études à l'Ecole d'Art de Falmouth et de Cheltenham, puis au Royal College of Art de Londres. Membre de la Société royale des artistes animaliers (SWLA). Elle vit sur la côte ouest du Pays de Galles.
Born 1964. Studied at Falmouth School of Art, Cheltenham School of Art, the Royal College of Art in London. A member of the Royal Society of Wildlife Artists (SWLA). Lives on the West coast of Wales.

David Barker (Nouvelle-Zélande/*New-Zealand*)

Né en 1941. Formation artistique à l'Université d'Auckland puis d'Hawaï. Peintre professionnel depuis 1971 ; il a exposé dans le monde entier. Marin, concepteur-architecte de catamarans. Il vit au Canada, en Nouvelle-Zélande et à Londres.
Born 1941. Studied Art at Auckland University and the University of Hawaii. Professional painter since 1971; has exhibited all over the world. Sailor, designing and building ocean-going catamarans. Lives in British Columbia, New-Zealand and London.

Denis Chavigny (France)

Né en 1949. Naturaliste et ornithologue passionné. Formation de taxidermiste au Musée d'Histoire Naturelle de Nantes. Dessinateur et peintre autodidacte. Auteur d'un "Carnet naturaliste au fil de la Loire" aux éditions Nathan. Vit à Sully-sur-Loire.
Born 1949. Naturalist and dedicated ornithologist since childhood. Studied taxidermy at the Nantes Museum of Natural History. Self-taught drawer and painter. Author of "Carnet naturaliste au fil de la Loire"(Nathan). Lives in Sully-sur-Loire.

Jean Chevallier (France)

Né en 1961. Études de Biologie. Artiste autodidacte passionné de nature depuis son enfance ; illustrateur animalier depuis 1985 (éditions Gallimard, Nathan, etc.). Il utilise des techniques très diverses (dessin, peinture, gravure). Membre de la SWLA. Il vit à Fresnes, près de Paris.
Born 1961. Studied Biology. Self-taught artist, keen on nature since childhood. Wildlife illustrator since 1985 (Gallimard, Nathan, etc.). He makes use of a great variety of techniques (drawing, painting, engraving). A member of the SWLA. Lives in Fresnes, near Paris.

Denis Clavreul (France)

Né en 1955. Études de Biologie ; Doctorat d'Ecologie à l'Université de Rennes. Ilustrateur et artiste autodidacte (éditions Gallimard, Nathan, etc.). Membre de la SWLA. Il vit à Nantes.
Born 1955. Studied biology; PhD in Ecology at the University of Rennes. Self-taught artist and illustrator (Gallimard, Nathan, etc.). A member of the SWLA. Lives in Nantes.

David Daly (Irlande /*Ireland*)

Né en 1965. Ornithologue. Ilustrateur et artiste autodidacte. Il vit à Wexford.
Born 1965. Ornithologist. Self-taught illustrator and artist. Lives in Wexford.

Sybren De Graaff (Pays-Bas/*The Netherlands*)

Né en 1934. Études à l'Académie royale des Beaux-Arts à la Hague. Illustrateur, peintre ; les techniques les plus souvent utilisées sont la peinture à l'huile et la gravure. Il a enseigné l'Histoire de l'Art dans diverses écoles. Il vit à Ravenswaay.
Born 1934. Studied at the Royal Academy of Fine Arts in La Hague. Illustrator, painter; the most frequently used techniques are oil painting and engraving. Has taught Art History in High Schools and Art Schools. Lives in Ravenswaay.

François Desbordes (France)

Né en 1962. Études d'Arts appliqués à Paris ; études au Museum national d'Histoire Naturelle de Paris. Artiste et illustrateur (éditions Gallimard, Nathan, etc.). Il vit près de Bétune.
Born 1962. Studied Applied Arts in Paris and illustration at the National Museum of Natural History. Artist and illustrator (Gallimard, Nathan, etc.). Lives near Bétune.

Kasobane, ou groupe Bogolan-Kasobane (Mali/*Mali*)

Groupe d'artistes, représenté au cours de ce projet par Kandioura Koulibaly et Boubacar Doumbia. Particulièrement sensibles à la préservation de l'environnement, ces artistes ont renouvelé un art traditionnel, le Bogolan. Leurs œuvres collectives sont exécutées sur des tissus à l'aide d'argiles et de colorants naturels.
Group of artists represented on this project by Kandiura Kulibaly and Bubacar Dumbia. Particulary sensitive to the environmental problems, these artists have renewed a traditional art form, the Bogolan. Their collective works are done on fabric using clay and natural dyes.

Tsunehiko Kuwabara (Japon/*Japan*)

Né en 1958. Naturaliste. Dessinateur autodidacte, influencé par l'art traditionnel japonais.
En 1993, il découvre la sculpture en bronze et la technique de fonte à la cire perdue. Il vit à Paris.
Born 1958. Naturalist. Self-taught drawer, influenced by Japanese traditional art. Began doing bronze scultures and lost wax casting in 1993. Lives in Paris.

Yvon Lecorre (France)

Né en 1948. Breton. Marin compétent et passionné. Artiste très sensible aux problèmes d'environnement, souvent évoqués dans ses livres, qu'ils parlent du Portugal, de l'Irlande ou de l'Antarctique (éditions Gallimard, Le Chasse-marée, etc.).
Il vit à Tréguier.
Born 1948. Breton. Keen and experienced sailor. Artist particularly aware of environmental problems, a theme to be found in all his books, whether they are on Portugal, Ireland or the Antarctic. Lives in Tréguier.

Cécile Nivet (France)

Née en 1948. Études aux Beaux-Arts de Paris. Animatrice de l'atelier d'expression du "Livre vivant", à Paris. Professeur d'Arts plastiques. Artiste-peintre. Co-fondatrice d'une galerie d'Art associative à Nantes, "Le Rayon vert". Elle vit à Nantes.
Born 1948. Fine Art studies in Paris. Led the expression workshop of the "Living book" in Paris. Professor of plastic arts. Painter. Co-founder of a cooperative art gallery in Nantes, the "Rayon vert". Lives in Nantes.

Greg Poole (Angleterre/*England*)

Né en 1960. Études de Zoologie à Cardiff. Il a séjourné au Canada, en Espagne. Artiste et illustrateur autodidacte ayant recours à des techniques très diverses (dessin, peinture, gravure, collage).
Membre de la SWLA. Il vit à Bristol.
Born 1960. Studied Zoology in Cardiff. He lived for some time in Canada and Spain. self-taught artist and illustrator, he makes use of a great variety of techniques (drawing, painting, engraving, collage). Member of the SWLA. Lives in Bristol.

Andrea Rich (États-Unis/*United States*)

Née en 1954. Dîplomée de l'Université du Wisconsin. Pratique le dessin et la gravure sur bois. Nombreuses expositions aux États-Unis, ainsi qu'en Europe. Elle vit à Santa-Cruz.
Born 1954. Graduate of the University of Wisconsin. Does wood engravings and drawings. Numerous exhibitions in the United States and in Europe. Lives in Santa Cruz.

Milos Sikora (République tchèque/*Czech Republic*)

Né en 1945. Études à l'École des Arts et Métiers de Prague. Il a exposé depuis dans de nombreuses galeries dans son pays, en Allemagne et en France. Il vit à Paris.
Born 1945. Studied at the Prague School of Arts ands Trades. He has exhibited in many galleries in his country, Germany and France. Lives in Paris.

Zhou Yun (Chine/*China*)

Né en 1955. Études à l'Université de Shanghaï et à l'Institut Central des Beaux-Arts de Beijing. Professeur à l'Université et au Musée d'Etat de Shanghaï. Il vit aux Pays-Bas.
Born 1955. Studied at Shanghai Normal University and the Central Institute of Fine Arts, Beijing. Taught at Shanghai Normal University and State Museum. Lives in The Netherlands.

Catherine et Bernard Desjeux (France)

Études de Lettres pour elle ; études de Sciences Économiques pour lui. Photographes professionnels, voyageurs, spécialisés sur le thème de l'homme et de son environnement (France, Afrique noire, Maghreb, Sahara). La Loire a toujours occupée une place particulière dans leur travail.
Responsables des éditions Grandvaux, ils ont publié une importante "Histoire de la Marine de Loire".
She studied literature; he studied economics. Professional photographers, travelers, specializing in the theme of Man and his environment, in France, sub-Saharan Africa, the Maghreb, and the Sahara. The Loire has always occupied a special place in their work. Founders of Editions Grandvaux, they have published a significant "Histoire de la Marine de Loire".

199. Denis Clavreul (France).
D. Barker
aquarelle/*watercolour*
200 Le bateau-lune.
The moon-boat.
A. Rich
gravure sur bois/*woodcut*

REMERCIEMENTS
ACKNOWLEDGEMENTS

L'auteur de ce livre tient à remercier toutes celles et ceux qui ont permis à ce projet d'aboutir.
The author of this book wishes to thank all those who made this project possible.

Pour les textes principaux :
For the main texts :
Jacques Boislève, Monique Coulet, Philippe de Grissac, Christine Jean, Jean-Claude Lefeuvre, Jocelyne Marchand et Loïc Marion.

Pour les "Paroles de Loire" :
For the chapter "Words on the Loire" :
Augustin Barbara, Alexis Boddaert,
Laurent Charbonnier, Yves Cosson,
Jean-Claude Demaure, Guillemette De Grissac,
Bernard Desjeux, Pierre Dupont, Jean Dorst,
Jean Grimaud, Robert Hainard, Guy Hivert,
Marie-Lise Jory, Gilles Leray, Lucien Massot,
Edgar Morin, Bernard Pierre, Jean-Pierre Raffin,
Patrick Ruelle, Gilles Servat, Bernard Stephan,
Kenneth White.

Pour l'accueil réservé aux artistes :
For the welcome accorded to the artists :
Yann Gourraud et l'équipe de la Maison de la nature de Bois-Joubert (Société pour l'Etude et la Protection de la Nature en Bretagne), Olivier Loir (LPO-Anjou), Céline Imbert et Jean-Christophe Poupet (WWF-Loire Nature à Nevers),
Catherine et Bernard Desjeux,
Louis Vilaine (pêcheur de Loire), Louis Fouchard (architecte et constructeur de bateaux en bois),
Hjalmar Dahm (ornithologue, ancien paludier),
Gilles Leray (Office National de la Chasse),
Patrice Boret et Christophe Dougé (Société Nationale pour la Protection de la Nature).

Pour le prêt gracieux de leurs photographies :
For the free contribution of their photographs :
Tanya Barker, Frédéric Bony, Patrice Boret (SNPN), Jean Chevallier, Josephine Daly, Jean-Claude Demaure, Hubert Dugué, Roberto Epple, Yann Gourraud, Philippe de Grissac, Pierre Gurliat, Christine Jean, LPO Anjou, Pierre-Alain Moriette, Jean-Louis Pratz.

Pour les clichés de peintures et de sculptures :
For the photographs of painting and sculptures :
Harry Knippers, Michel Leraut et "Ginjo atome", concepteurs d'images.

Sans oublier :
Not to forget :
Etha et Ysbrand Brouwers (directeur de ANF),
Hélène Caillaud, Robin D'Arcy Shillcock,
Anne-Sophie Dupy, Corinne Faure-Geors,
Jeanne Leduchat-d'Aubigny,
Jean-Louis Véronique et son équipe (Photext Vannes).